ZUI

PRODUCER _ JIN LIHONG LI BO JING M.GUO
CHIEF EDITOR _ CHEN XI YANG XIAN / CONTRIBUTING EDITOR _ ZHANG YEQING [FROM ZUI]
VISION ART _ SHANGHAI ZUI | GA@ZUIBOOK.COM |
COVER ART _ ADAM.X [FROM ZUI FACTOR] / TYPESET ART _ ADAM.X ZHANG QIANG [FROM ZUI FACTOR]
MEDIA COORDINATOR _ ZHAO MENG / PRINTING MANAGER _ ZHANG ZHIJIE
INTERNET SUPPORT _ SHANGHAI ZUI | WWW.ZUIBOOK.COM |

ZUI

PRODUCER _ JIN ZHONG, LI BO, JING M.GUO
CHIEF EDITOR _ CHEN XI, YANG XIAN | CONTRIBUTING EDITOR _ ZHANG YIQING [FROM ZUI]
VISION ART _ SHANGHAI ZUI CLA@ZUIBOOK.COM]
COVER ART _ ADAM.X [FROM ZUI FACTORY] | TYPESET ART _ ADAM X ZHANG QIANG [FROM ZUI FACTORY]
MEDIA COORDINATOR _ ZHAO MENG | PRINTING MANAGER _ ZHANG ZHIJIE
INTERNET SUPPORT _ SHANGHAI ZUI | WWW.ZUIBOOK.COM]

单人床上的忏悔

叶阐 著

目录
Contents

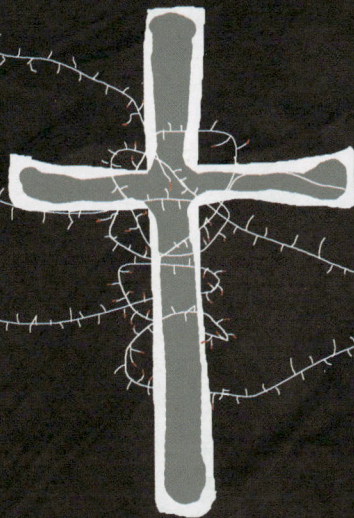

01

单人床上的忏悔
COLD BED CONFESSIONAL

COLD BE

绝对

傍晚天就黑了，下着小雨，马路上也没什么人。我出门觅食的时候路过一家水产店，店员都聚在店内吃晚饭，门口的盆子里整齐地摆着鱼、虾、螃蟹，还有一些毛茸茸的软体动物。

一只白猫蹲在盆子边上，我看到它时，它也正鬼鬼祟祟地瞪着我。

"有什么好看的！"

确认我对它没有恶意之后，它便不和我对看了。只见它熟练地用爪子抛起一条小鱼，用嘴接住后离开了。过了好久水产店的店员才出来。

觅食归来的时候又路过水产店，前面有位撑伞的妇人牵着两只狗，其中一只向右嗅着水产店，另一只向左，在马路中央蹲了下来，大大方方地拉了一坨便便。

当猫在偷东西时，蹑手蹑脚，担心受怕，竟然是清楚自己正在"偷"；而狗通常没有这样的心理负担，它们在马路中央大便，大便完后，还照样对着你摇尾巴，根本不知道自己刚才做了一件不光彩的事。

粗枝大叶令人难以忍受，过度敏感也是无法完全被人接受的。狗与猫的世界，就像是绝对对立的两种性格特征。好比两个人，若是"绝对"不同的两种性格，就成了两个不同世界的动物了。

永夜

不知道什么时候，我忽然见不得光了，看到杂志上图片里的房间是白色的墙壁，也会觉得住进去了眼睛会发涨。

白天的时候我会把窗帘拉起来，遮得密不透光，常常连外面是阴天晴天也不知道，但房间里的小台灯还是要开的，留一点点希望。

有一次出门前照了照镜子，发现自己竟然有一点点像僵尸了，皮肤白皙，两颊深陷，嘴唇的颜色很深，眼睛因为眼眶凹陷也变大了，不健康的生活竟然导致脸更加精致了，说不定是回光返照。

下楼后，太阳照在身上，能感到毛孔忽然之间全部绽放。忽然想起二十岁以前，还被称赞为"阳光boy"来着，但那时的性格却还没现在外放。

阳光boy？在不属于阳光的年纪，无非是把头发剪短，再把皮肤晒黑，而"阳光"又要显得不"脏"，是要精心装扮的，肤色金黄但很明亮和光滑，多余的眉毛要修掉，腿毛和胸毛要留着，牙齿要去漂白，嘴唇不能干燥，再买几套运动服和球鞋备用，和娘娘腔朋友们绝交，MSN的签名档刻意改成"下午去健身"或者"周末去打球"，我便成了个"阳光boy"。

这样看来，"阳光"是不安分的人用来勾引幺蛾子的，阴暗似乎比较顺其自然。

对于以貌取人的含蓄

去年我回家过年，室友不回去，我便拜托他帮照顾金鱼和乌龟。过年时北风呼呼，想必室友一个人在上海过得很清淡，这从他常常向我报告金鱼的现状的短信便可得知：

"当金鱼生活在浑水中，我便联想到自己的处境。"

"我觉得我就像这条金鱼，独自孤单地游在水里。"

"换了干净水后，我感觉我自己也好了很多！"

他这样的情绪化，我也不好细问放鱼缸的那个书桌的柜子里，三只正在冬眠的乌龟怎样了，既然是托他照顾，问了似乎显得对他不够信任。

记得他平时来我房间玩时，只探望金鱼，不停地给金鱼喂食，本来有两条的，被他喂死一条。他倒是很少理乌龟，有一次爬出来透气的乌龟不小心被他瞧见，他像是心情被破坏般地说："耶……这些乌龟长得一副死相，它们知道自己是活物吗？它们活着的原因又是什么？"

　　他认为乌龟长得不够美，光看着心里就很不舒服，他很喜欢否定一切他心里认为丑陋的事物的存在。末了他还加一句，"这些乌龟有思想吗？"

　　其实我觉得乌龟很有思想。它们总喜欢斜着眼睛瞪我，像是街上的顽固老头子的眼神。并且，有好几次我看到乌龟竟然可以爬得很快，趁人们不注意的时候。

　　过完年到上海，看到金鱼在干净的水里游着，依旧是斜斜的。买它的时候，卖金鱼的人告诉我，它有只眼珠被别的鱼吃掉了，所以总是斜着身子游。然后我打开了柜子，看到了三只乌龟的尸体。

　　有一只乌龟的胳膊微微动了一下，原来是因为窗户没关，被风吹动的。我悲从中来，留下了两滴眼泪，不全是为乌龟，也有为这世界而流的。

　　若是托人照顾我的两个孩子，一个长得丑，一个长得美，死亡几率比较大的肯定是丑的那个。我也再次领悟到，这个世界上的人，虽然不会指着一个人的鼻子说"你长得好丑"，却早已在心里给他打了一个大叉叉。没人承认自己正在过着以貌取人的生活，但人人又都是。

　　我责怪自己身上也存在着这种本能，为了批判自己的这种心态，我再也没奢望过"真爱"发生在自己身上，再也没有。

艺术品们

偶尔觉得自己"已经成熟",是发现自己对艺术品们的欣赏正在渐渐改变着。不喜欢的变成了喜欢的。对它们的欣赏,正一步一个阶梯地向上。有时候我甚至认为:活着就是为了修炼艺术方面的道行。

艺术品包括书籍、流行音乐、电影等。

小时候觉得什么都很新鲜,一部老掉牙的校园励志电影,可以津津有味地将它看完;一本画风有些畸形的漫画书,坚持看完后也能认为是完整与好看的,最后畸形也变美形;一首难听的歌,对照着歌词多听几遍,多多联想,渐渐地也有了共鸣,便喜欢上了。

而今,先是拉着室友来电脑前看高中时令自己泪腺失控的电影,观看途中我和室友泪水盈眶,不过那是因为困意太浓而产生的泪水,这个由金城武与陈慧琳共同主演的香港爱情片,显然已经不能入我的法眼了。我会对电影挑剔了,我能看的越来越少——正所谓道行越深,目标便会越小。白素贞姐姐两千年的道行,范围便直接缩小到了许仙一个人。

有一次在街边买了几套日本少女漫画,怕美好的东西太快被享用完,拿回去后便很少翻,偶尔看看封面亦很满足。某天生病了,想必是美好的东西发挥作用的时候到了,便从书架上拿了下来,但每一本漫画都只翻了几页,便感觉自己的病情更加重了,本来是吃药的,变成了去医院打针。

胃口也已经变得刁钻了,有时故作清纯地吃幼年最爱吃的零食,竟然会联想到吃了后肚子里会不会生虫。

偶尔会去艺术馆看画展,看来看去,其实学不到什么,这些无聊又做作的点线面,以后我根本不会想起它们。

也没有必要猜测这一幅幅画到底是什么意思——如果一张画就得有一个深刻的寓言,这个世界上的艺术馆不会这么安静。在画廊里体会的只是在都市里的闹中取静,去哪里不是去,还不如来这里转转。

虽然画没看进去,但似乎已然吸收了某一种"仙气"——道行好像有加深哦!

纸巾

又是一个懒觉，躺在床上像往常一样犹豫着。

"叮咚——"

在这种时候门铃响起是很煞风景的——我知道，在早上10点准时按门铃的一定是住在楼上的一位老太太，她站在楼下，双手提着菜场买来的菜。

我没有答理她，她不能将自懒建立在别人的勤劳之上。

门铃持续响着，我穿着睡衣去按解锁键，话筒里传来朋友的声音，原来是朋友来了。

她带来了可乐，还有一大卷纸巾当做礼物。

纸巾？我的纸巾用完了吗？

关键是，这么多的纸巾……是什么意思啊？

"你看你，过来坐坐又带礼物，太浪费了！请你以后不要这么见外。"虽然每次她带礼物过来我都无比开心，但口头上还是忍不住会责骂她。

"你干吗送这么多纸巾？"我说。

"前天过来时，看你的纸巾好像快用完了嘛！"她说，然后抬头看了看我，"你看你，有空多出去晒晒太阳！"

什么？上次买的纸巾已经用完了吗？

噢，天哪！这不是个好事。

四点一线

事情是这样子的，昨日下午（其实是无数个昨日里的一个），我和一个有工作的漫画家吃饭，他讲述自己在公司上班的事情，大概就是和上级争论的趣事一桩，有几个他觉得很好笑的点，他讲完后我并没有笑。

他便来了一句，"这样你也觉得没有趣味？那下次我们一起去吃生活吧！"

什么？吃"生活"？

原来他在暗讽我生活消极。

作者并不都是定期出去旅游或每天宅在家里画画、写字的人，绝大部分作者都传统地认为"不上班就没有保障"，以白天去公司上班，晚上和周末在家赶稿的状态活着。我这位漫画家朋友就是属于那种认为"不上班就没有保障"的作者（漫画家也是作者），而我"暂时"属于每天宅在家里的作者。他歧视我是天经地义的。

小说家和漫画家算是服务行业，人们有了钱才会去买书，一旦人们的收入减少了，作者们随之也没了收入，作者的收入取决于人们的收入。所以这又是一份需要有冒险精神的职业，一边上班，一边赶稿，"蜡烛两头烧"的状况实属生活保障。

我对于自己的生活状态一直很心虚，不仅仅是因为我缺少他们那种"保障"，人家朝九晚五地上下班，和同事路人交际，我在家自由散漫，很少接触人，还过着"亚健康"的生活。身边的朋友对我说得最多的一句话是："如果我是你，我一定出去旅游！"（当然我也很想回敬他们，"如果我是你，我一定辞职！"碍于现在工作的确很难找，便从没说出口。）

某次出版社的聚会，我听到一个出版人和一位作者聊天，想必那位作者的生活方式与我差不多。出版人语重心长地对她说："看了你的新书啊，你一直是我很喜欢的作者。但是，你该去上个班啊什么的，有些人情世故和感觉。不要去旅游，单靠到处旅游采风，那种感觉是找不到的啊。"可见出去旅游散心也不是写作的"正道"。

我试着从自己的爱好、特长、性格分析，然后反省自己的生活，发现它就像是一部"实验电影"——很多不喜欢、不感兴趣的过程都被我剪掉了——尽管留下的也都是在旁人看来无聊、枯燥的片段。

我现在的生活，就是把断断续续地播放了三个月的美剧在一个晚上看完；是避开排队高峰期，在下午3点的时候和同样空闲的朋友去吃辛香汇或蕉叶餐厅；是由厨房、洗手间、客厅、卧室四点一线构成的。

暂时就是这样。

赶稿才是正经事儿

这本书的稿子还没交时，编辑在网上催，"稿子写完了没呀？"
我回答："就快写完了，还差一丁丁点儿！"
结果拖到她下班了还没给她。

第二天早上她打电话到我的手机上，"阐阐，稿子写完了没呀？"
我睡眼惺忪地集中精神扯谎，"还有一点点儿，上线了就给你！"
上线后却迟迟不主动联系她。

　　她下班前发消息过来，"今天周五，明后天休息，周一一定要将稿子交给我！"

　　我差点儿没从凳子上翻到地上，因为我忽然得到了整整两天的空余时间！于是兴奋地对她说："周一我一定交！不交我就从楼上跳下去！"

　　结果周一依旧没能交上，编辑直到下班也没来催。

　　——她还有很多别的事情要完成呢，不要把你的稿子想得太伟大了！

　　一转眼拖到了长假，编辑说："放完长假一定要交的啊！"

　　突然得知有一个长假（大概三至四天）的空余时间，差点儿没从凳子上翻到地上，我兴奋地对编辑说："这次再不交，我就自杀！"

　　长假里的某一天终于下了狠心，把网线拔掉了，稳稳当当地赶了一天的稿，效率还不错。为了奖励自己，晚上又把网线插上了，但这一举动造成了与某人开始了一段远距离恋爱，对方远在广州。

　　比古代人幸福的是，现代人进行远距离恋爱时有相应的工具：MSN、QQ、手机，有时还会视频聊天。由此想到古代人的远距离恋爱是不是一个月或者半年一封信件。

　　聊来聊去已经两天，阴霾的天空稍微豁然开朗了些。只是在这个交稿的节骨眼儿还开始谈恋爱，我心底很清楚非常不合时宜。身边的朋友也劝我："你不要到了这个年纪还做那么幼稚的事！"

　　万一呢！万一是永远呢……

　　有一天晚上，正在与她视频聊天，她说："有个朋友在楼下，我下去给他个东西就上来。"

　　"亲亲""么么""抱抱"了几下后，她就把视频关掉了，估计是下楼去了。

　　过了一会儿收到了她的短信："朋友带了一个朋友介绍我认识，所以现在正在楼下的大排档吃东西。"

　　"嗯嗯~"我回复道。

　　两个小时后她还没回来，在这段时间里，我把衣服叠好放进柜子里，把地拖干净，然后把昨天没洗的碗也洗了，每做完一件事，都会看看电脑显示器和手机——她没有登录，手机也没有响——看来这顿宵夜吃得很开心啊。

　　她不在，没人和我精神交流，我便无事可做了。我呆坐在显示器前，想起了那迟迟未能交上的稿子，于是打开了文档。

　　一直是逃避它的，但在这一刻，发现它就像是我的一个值得依靠的朋友。忽然间也大悟到：这把年纪了，还有资格奢求那些儿女私情？赶稿才是正经事儿！

泡面随想

每一个人的身体都是独一无二的，在生命旅程的经历也是独一无二的，大家有着自己的思想，所以人是很特别的存在。神赐给了我们不一样的东西，让我们为自己的独一无二而感到骄傲！

但我们又和忙碌的机器一样，脏了要洗，累了要休息，到了一定年纪就要学会保养，旧了、老了可能会被别人抛弃。

我们被我们自己分为等级，像商店里的商品一样被打着分数，我们的存在就只是利用价值的高与低，只是我们的"人权"让我们有着些许的温馨，没有人权的人生是冰冷的。

但"人权"只是一个名分，现实却是我们不得不面对的，身为"人类"实在没什么了不起的。

或者我是太自恋了，自恋的同时把人类也神化了。

又可能最初世界是完美的世界，只是由简入繁般渐渐地、渐渐地变成了现在这个样子。当一切都乱套时，神仙也撒手不管了：你们想怎么竞争，就怎么竞争去吧，你们也只是人，活一阵子就会死了，我看待你们的生命长度，就像你们看待一只昆虫。

朋友说："2012年之所以是世界末日，是对人类的惩罚。"

其实人类不至于遭到这么大的惩罚吧。而且，我觉得科技还很落后，机器人还没那么普及，我们还不能随时在天上飞，上海到湖北至少需要两个小时（两秒钟才是我要的）。这样就要"末日"了，实在是很没意思、不尽兴、不刺激、不大手笔、半途而废、不像是一个有思想的造物主的决定。

如果有人总是认为"是时候该对这个世界重新洗牌了"，还不如当做这个世界每天都在重新洗牌。

我最近常劝告自己，别幻想自己天赋异禀、得天独厚，开始善待自己吧，不要对金钱吝啬，停止伤害自己，虽然是高级动物，但也不能忽视一些细节，该抹的抹，该涂的涂，能去外面吃就尽量不做饭，能吃好的就尽量不要吃有地沟油的，多喝水，早点儿睡，热爱生活，也别再进食防腐剂了。

优美

有人说，笑着哭最痛；有人说，世界上最遥远的距离，是我站在你面前，而你却不知道我爱你。

仔细想想，这些话还真是没什么科学道理可言。

什么样的事件会致使一个人笑着哭呢？亲属离世不该笑着哭，失恋了即使笑着哭也没法成为"最痛"。如果在"失恋"和"看牙医"中选一样，我永远选择失恋。而又笑又哭的样子，始终让人联想到"感动"而不是"痛"，所以这是个经不起推敲的病句。

我站在你面前你却不知道我爱你，这件时有发生的事，会令人产生这么严重的距离感吗？既然这么有距离感，若我说出口，你第二天直接消失，那距离岂不是更加遥远？若我说出口，你回答"其实我也爱你"，我们拥抱在一起便没了距离，此时又会怀疑这句话存在的意义到底是什么，所以这也是经不起推敲的病句。

虽然经不起推敲，但这些句子却因为它们的优美一直流传到了现在，成了每一个恋人的座右铭，那些把爱情现实揭露无遗的句子，暂时没有这个资格。

暗恋我

暗恋我的人应该都和鬼魂一样。月黑风高的夜晚偶尔回头，我发现街角空荡荡的什么都没有。

"没有人跟踪我回家！"我只是电影看得太多，谣言听得太多。

从小到大，好些朋友跟我讲自己经历的怪事，或是他们的朋友身上发生的怪事。听完之后我心有余悸，但打心底里不肯相信，一是因为那些朋友讲的话我本身就不太相信，他们属于说话一直就很浮夸的那一类；二是因为我对没经历过的事总是直接持否定态度——连怀疑也不给，直接否定掉，因为，如果真相蠢蠢欲动，就出现了让我看见啊！

反而可以信任的人，每当我问："你见过没啊？"
他们的答案却都是否定的，于是我就更加没了相信的理由。

停止怀疑吧，没有人在暗恋我，就像这个世界上没有一些奇怪的东西，即使有，为何总选择在那么牵强的时刻出现？
虽然对此保持着好奇心，若真的见到，说不定我会心跳加速，说不定我会落荒而逃。

深渊和乐园

我在厕所里看到室友买的书，是教人如何"玩心计"的。
翻开看了看，如果要考这本书，我一定不及格。
比如，有些章节的名字分别叫：

永远不要露出自己的底牌（我是有几千年的造化么？）

不要一下掏心窝（掏一下有那么严重？）

巧妙地隐藏自己的实力（隐藏下去会被埋没吧？）

不要显得比对方更聪明（我常常想让自己看起来很有心计。）

该装傻时就要装傻（这个比较容易。）

不要自认为聪明绝顶（大家时而都会有这种错觉吧？）

作者在书里给出了相应的故事，都很有道理与哲理——原来人得活得如此小心（伪善）。

人们总是天真地以为：

"我还是保持这个性格不要改变好了，这个地球总会有个人爱我的"；

"就算我再可怜，有些人，比如爸爸妈妈、最好的朋友，他们永远不会离开我的身边"；

"赚不到钱一定不会饿死"；

"大家应该是向善的吧"；

"天下之大一定有我的容身之处"。

所以人们都活得大大咧咧的，导致四处都是感情漏洞。其实，对和平盲目乐观的时候，几时想过人生终得上战场呢？

总是一不小心因为某件事、某句话将自己陷入了深渊。那种"深渊感"令人非常郁结，即使外面阳光灿烂，心里也会是阴雨天。

而人们总是觉得世人都是"聪明人"，世人都有心、世人都会理解有些事，其实不然——况且，就算他们理解，也是按照他们的方式来理解的。

我看那本关于"玩心计"的书时，觉得自己是个不成熟的笨蛋，我所拥有的功能太少了。

而我却还在写东西，教这教那。曾经有个作者说我其实很有心计，让我窃喜了好久："原来自己在别人眼里并非智障。"

但是！
不过！
也不能够妥协，还是得以自己的方式继续生存。
——人生除了生病去医院，还有什么大不了的坏事呢？
关于感情、仇恨、攀比，都是人生的过程，像是游乐园里的游乐设备，上去了就得担心害怕，最后发现原来有惊无险。

只要你还好好地在呼吸那就放轻松点儿吧，孩子。

在街上

去旅游，看到一整条卖着"民族特色"的街道，卖的东西都大致相同，价格却无法相同，没有缘由的"我家的东西就是比较贵，他家便宜是他家的事儿"。面对这样的"态度"是不应该去购物的，不过人容易在人群里迷失自己，强迫自己去购物。

那些东西买了也没什么用，大东西买了放在房间里，和整个房间的装修风格也不搭；小东西买了戴在头上，人家以为你想出名呢："妖娆哥"、"犀利哥"的接班人——"民族风哥哥"。

我不买那些民族风的玩意儿，因为我喜欢实用的东西。我只买了条裙子，在这几条街道里的万中挑一。

是送给我妹妹的，红色的裙子。

她拿到手之后，不太好配衣服。穿出去之后，太阳一晒汗一出，身上都是裙子上掉下来的颜料，等颜料掉光了，红色的裙子也变成了白色的裙子。

　　此外，裙子也变薄了，有颜色时，它还硬硬的挺有型，现在像一块垮垮的抹布。

　　连抹布都不如。

　　抹布的弟弟。

　　颜色对我们来说真的非常重要呢！不少东西都是靠颜色撑起来的，若失去了颜色，它们就成了废物。

　　而经典的东西，退色之后，竟然会更加经典——而之所以经典，也许是因为那个年代没有彩色，只好将黑白发挥到极致。

　　我是去当废物呢？还是去当经典呢？

　　这辈子可能当不成经典了，但我也不愿意接受"废物"一词，怎么办？知道的请去我blog告诉我。

　　言归正传，在这里，大石砖铺成的地儿很有feel，拐弯处的几棵小柳树也很有feel，只是一看就知道这些小柳树没种多久，透露出了这里"妄想成为旅游之地的野心"。

如果以名胜古迹著称的旅游之地"古"的分数不及格，"再造"的成分过于猖狂，稍微敏感一点儿的人们察觉到之后，便会在旅程里不开心了。

"但花钱买东西的也都是那些无法察觉的人。我管你们这些敏感人群的死活咧？！"

官方的内心独白应该是这样。

为了不被他们的内心独白说中，我买了一顶黄色的牛皮帽子戴在头上。卖帽子的人说是真牛皮，然后只卖十五块。

天哪，戴上帽子之后，我忽然感觉自己也融入其中了！

我也是他们中的一员了——那些我刚才觉得很做作的、拿着相机四处拍的、戴着黑框眼镜的文艺小青年们。

刚才我还骂过他们呢，说他们丑人多作怪，现在自己也成了其中之一。但感觉真是好。

于是我戴着帽子东奔西走，浑身像充满了电一样。

原来是要消费，才会有力量哦。

过了一会儿，我瘫倒在了地上。我的电用完了。

其实不是电用完了。当你进入到了某一个新世界，只有深入，才会让你在这个新世界里不疲倦。

我买一顶帽子，这条街上，必定会有人戴着比它更奇怪的帽子，我们比的不就是"奇怪"吗？

那么，这里所说的"深入"，就是：继续花钱买更加怪异的东西！

不行，有人已经开始在装扮上DIY了——我认为做作的那些人，他们在这条大石砖铺成的路上反复走秀。

OK，你们赢了。

这就是旅行的意义啊！

这就是一个无底洞啊！我将帽子取了下来。风大的时候才戴它。

街上摆着很多关于游记的书。

只是……我干吗要看人家旅游的事？人家旅游，关我什么事？

如果他写了："我在这块地方玩得最开心！"

我就必须照着他说的去做吗？

如果他写了："这里是世界上最××的地方！"

我到了那块地方，要一边回想书里的内容，一边点着头赞许吗？

如果他在书里感叹："这真是我见过的最壮观的一座山！"

会不会因为他感叹过，你看到后便没那么感叹了？这些作者简直就是在剧透。

"我没有必要看人家旅游的故事"的想法慢慢进化成"那我又是为什么要看那些爱情故事"，又进化成"仔细想想，我应该什么都不要看"，再进化成"这么说来，做什么事都没有必要"，最后总会进化成"那么活着也没有必要"。

但是我还是要活着啊，所以旅游书还是可以买来看看的。

书店里有各种书，如果是考虑"有没有必要去看它"而买书，好多本都没有必要出版。最有"必要"的便是教科书，当然也有人会怀疑教科书里的内容有没有必要。

有人写了一个故事，如果故事不出版，世界上也不会少了那个故事。

如果这些故事出版了，人们就会去买来看。

然后那些故事不会在人的大脑里停留很久，不知道这算不算是没有必要。

而科幻电影也是凭空捏造，这个世界哪里有阿凡达？在开始上映的那几天，还不是一票难求？大家在那里排队买票，这就是有必要吗？

"你的这本书有出版的必要吗？"

我出了第一本书《当我们混在上海》之后，与同公司的作者一起在合肥签售。

"你的这本书有出版的必要吗？"

有一个读者问她，声音大得吓死人。

她倒是没有在意，她出过几本书，也许已经习惯被人问这些了，我却在一旁吓出了一身冷汗。

因为我在反省："我的《当我们混在上海》有出版的必要吗？它出来是做什么的？"

就好像我生了一个孩子。他在我面前玩儿时，我一边看他玩儿，一边会在心里想："他生出来是做什么的？他又不会飞，不是拯救世界的超人。那他生出来做什么呢？不如掐死他吧。"

我又想了一下书店里的所有书，它们看起来好像都没有"生出来"的必要。比如有些书"生出来"就好像是在挑拨群众与祖国的关系，有些书"生出来"则好像是摆明了让人对爱情失望，还有些书"生出来"就好像是在卖弄文采。

——其实只是人的价值观有偏差，他看你不顺眼，你就没了活着的必要。

其实我告诉大家哦，当你看到一个面包，你想吃它，你不会想"这个面包有被做出来的必要么？"而书籍、电影、音乐和面包一样，只是它们是我们的精神食粮。每一种都吃吃，不要偏食。

在洞里

　　进山洞，每个人交二百块钱。

　　这趟旅行进行了五分之一，在坚决不购物的情况下，我已经花掉了两千多，但还没看到我要的"惊喜"，所以我继续花着钱去各种地方，等待惊喜。

　　山洞里有各式各样的石头。

　　有两块竖着的石头靠在一起，导游说："这两块石头，一个是男，一个是女，他们是一对情侣，而这两块石头也象征着美好的爱情。如果路过的人用手触摸一下这两块石头，便会爱情美满。"

　　与我同行的好友伸出手触摸了一下。

　　"喊！"我轻蔑地笑了一下，对她的这个动作嗤之以鼻。

　　"你不摸？"

"我不信。"

"怪不得你的感情这么不顺！"

……什么世道？我不愿迷信，却被人损！

"你好意思说我？你的爱情美满？"

"我有三个男朋友，都很听话。你觉得呢？"

"我觉得你大难将至！先后轮流被甩！"

"是你的内心很不阳光！请不要心存忌妒，谢谢！"

队伍继续前行着。

前面有三个小山洞，左边和中间的比较大，人们可以若无其事地通过。右边那个相对较小，但看起来很"卡哇伊"。大家跟着导游从左边和中间通过，我刚才被好友损，心情不好正在闹情绪，人闹情绪时会做一些怪事，我从右边的小洞里钻了过去。

小洞里还滴着水呢，我钻过去之后，浑身都湿透了。

"你们知道这三个洞分别代表什么吗？"导游说。

她每次讲解前都喜欢自问自答。

"左边的山洞代表'幸福安康'，中间的山洞代表'家庭美满'。"

原来是毫无悬念的答案。

估计右边那个小的山洞是"工作顺利"？但导游竟然没有讲解，继续带着队伍往前赶路。

"导游同志，那右边这个小的山洞代表什么？我是从那个过来的。"我问。

"哦？那个啊，代表'人生不顺'。"她说，"各种各样的不顺，你看它，那么小，那么窄。"

她说完之后，队伍里的人都捂着嘴在讥笑我了。

"你看吧，我就说你感情不顺！哈哈哈！"朋友大声讥笑我。

"请问有什么方法可以解套吗？"我急切地问。

"噢？你现在从大洞里面走过去，再走过来，便可以了。"她说。

什么？要我做这么弱智的行为，不会是在恶搞我吧？

"你快去啊，我们在这里等你。"导游说。

……

算了吧。

我说："还是算了吧。我一点儿也不相信。"

"不相信就好。"导游说。她转过身，队伍继续向前行了。

是真的不相信吗？这件事在我心里留下了一个坎儿。

于是我又开始闹情绪了。

"……她的情人被天神带到月亮上去了，所以这块石头叫望月，你们看看，是不是很像一个望着月亮的女孩子呢……"

"不像。它只是一块石头而已。"

"……这是王母娘娘的坐骑，当年王母娘娘下凡游玩，便将它留在了这儿。你们看看，是不是很像一只麒麟？"

"说它是一只猪也说得过去啊，你们何必为了赚钱而故意神化呢？"

导游瞟了我一眼。

终于走到了山洞尽头。

这一路挺长的，走了差不多三个小时，再走回去是不可能的了，所以我们已经坐在返回入口的快艇上。

乘着风，大家不言不语地坐在快艇上沉淀心情。

因为是要返回入口，所以刚才走过的一处处，都在快艇的两旁急速倒回着：有我们坐下来吃午餐的地方，有我摆出V型手势拍照的地方，还有那三个作孽的洞……

我忽然很有感触……

"我要快乐，我要能睡得安稳……"导游忘情地哼唱着。

"你再唱下去我就要跳河了！"

哎呀，终于报了一箭之仇。

不过这句话可不是我说的，是她的同事。

在车上

说是旅游吧，大部分时间却都耗在了车上！

只能从车窗向外看。

过往的风景，有不少是令我心动的。想拿出相机拍下来……

算了吧，拍出来了给谁看？给多年后的自己？

你有没有想过，多年后的自己看了会有什么感觉？

"啊，这都是十几年前去过的地儿了，一转眼我已经四十岁。想看看那块地方，现在怎样了呢？"

算了算了，我可不想成为一个这样的老头儿，没什么好拍的。

不如拍旁边正在睡觉的朋友们吧，他们正昂着头，张着嘴，东倒西歪。

想喝水，但是不敢喝，这一路都没有厕所呢。

在车上，是多么枯燥无味啊。

"对不起！司机，麻烦您停一下。"有人站了起来，似乎有话要说。

司机没有将车停下。

"司机，您好。我调查过，如果从高速公路走，只用三个小时便能到达目的地。我们现在已经坐了六个小时的车了，但付的却是高速公路的路费！"

司机将车停了下来。

我坐在最后一排，看到后面的车也跟着停了下来，后面的后面的车也都停了，一下子造成了交通堵塞。

这一路遇到过很多交通堵塞，说不定都是因为这样的事呢。

我们的群众代表和司机理论着。

在群众代表的带领下，大家纷纷下车表示抗议，但群众里有几个"叛徒"依旧若无其事地坐在车上。

司机掏出手机，一边抽烟，一边大声地和谁讲着电话，用的是方言，所以听不清楚。

他的目光时不时向地我们这边瞟来，是一种在说着"真是一群麻烦的蠢家伙"

的眼神。

我可以理解。

但不能理解的是除了司机，那几个在车上坐着的"叛徒"，也是这种眼神。

好吧，他们我也可以理解。

这个世道就是这样，义气、道理、逃避，你选择哪一样？

如果选择义气，你很可能被连累；如果选择道理，你很可能被不讲道理的人杀掉；如果选择逃避，必定会遭到其他人的鄙视——但逃避却是三种选择里面最安全的。

反正已经有人在免费为自己伸张正义了。而且，有些事情，实在是不值得自己去讲道理、讲义气。

车又开了。

大家默默地坐在车里。

没有人再睡觉，也没有人因为无聊开始讲笑话，大家漠然地看着窗外。窗外是无穷无尽的山、草、树木，我们等待时间一分一秒地过去。旅行时，时间是最廉价的。

坐在车上的我们，要去一个有梯田的地方。

坐七八个小时的车，过去之后先找个旅馆睡一晚上，第二天中午去看梯田，看两个小时，再坐七八个小时的车，去另外一个地点。

紧接着，我们被放在一个强制性消费的地方。

方圆五百里，只有一家超市，卖的都是山寨饮料山寨食品，一杯热自来水也要一块钱。

上厕所也要一块钱。

冰箱里面的东西倒是挺好的，我买了一个和路雪冰激凌，也许是因为比外面贵一倍，所以吃起来真不是滋味儿。

车开了，很快却又在一个卖首饰的地方停了下来。

我无所谓，我不是有钱的老人家，我喜欢iPod，喜欢Wii，是不会在这些地方花大价钱的。

有朋友在逛首饰，理由是"来都来了，就逛逛呗"。

我坐在门口的凳子上一边看书，一边等他们。

过了一会儿，司机喊我们上车。

首饰店的墙壁上，写着大大的"扎西德勒"四个美术字。

"快看，扎西德勒！"我指着那些字对朋友说。

心情一直不太好的朋友终于爆发了，"我扎他老……"

车又开了，在目的地停了下来。

我们要住的旅馆，在阴暗的天空中摇摇欲坠，活像一个鬼屋。

在高处

　　我们是从山脚一路盘旋到山顶的。就在两个小时前，车轮在悬崖边铤而走险地转着，我看到每一个最危险的拐角处，都摆着一个神像或是一座石碑，石碑前面的香火还没熄灭。

　　到了山顶，却发现只是一个普通的县城，有小学，有高中，有医务室，只是这里看上去更加"古老"一些。

　　过了两日，到了另一处高地。

　　朋友们纷纷开始有高原反应，卧病不起，继而流下了委屈的眼泪。

　　看着他们又是生病又是哭，我忍不住心情愉悦。

　　"嗯，不错不错，大家一起都来讨厌'旅游'吧！"

　　冥冥之中，就是有这样一种"千里迢迢过来受'骑虎难下'之罪"的感觉。

　　上山的时候得骑马，我们依次在马圈附近分配马匹，我看到最胖的一个朋友，竟然被安排到一匹小瘦马。

　　小瘦马在山路上走着走着便跪下了，过了几秒，它气运丹田，又坚强地站了起来，双腿发抖朝前方艰难地挪动着。

　　这样的一幕反复发生，同样坐在马上的我，别过头不忍再看下去，还有一个原因是他的马走得太慢了，我回头时已经看不见他。

　　终于到达山顶，他哭了，好像是因为他在大城市里长大，很怕"马"这种动物。

　　看到他哭，我又忍不住开始愉悦了，在他面前跳起"舞娘"，接着赶紧拿出照相机，对着他的脸"咔嚓咔嚓"拍个不停。其实小瘦马也很想哭，但它哭不出来。

　　貌似我每次都忘记描写风景。山上的风景美得的确令人惊叹，山被云包围着，我们就在云里大口呼吸，我们来到了另一个世界！这里没有车，没有废气，没有噪音，没有急匆匆的人群！在云的深处，一定有神仙在偷偷观察我们这一群凡人。

　　此刻，我却好想回到城市里，站在任何一座大厦的楼下伸开双臂，享受城市生活。

Good good study,
day day up!

Dior

小巴和阿半

　　那天在街上看到小巴和阿半，他们就在离甜品店不远处的石凳上坐着。我好久没与他们逛街了，记得和他们逛街时，他们会忽然停下来，说要买炸鸡，看到奶茶店也不可抗拒地去买奶茶，尽管有时候还需要排长队。

　　"……"

　　"好烦恼，我妈妈给我盛饭还是盛很大一碗。"我悄悄地走近他们，听见小巴这样抱怨自己的母亲。

　　"我现在终于发现，即使是食欲也不能放纵。"阿半说。他今天穿了一件大格子的紧身衣，其实那原本只是一件宽松的小格子衣，被他活活撑成了大格子紧身衣。

　　"我每次都跟她说不要盛这么多饭，她像没听进去一样，拜托！米饭是最容易长胖的！"小巴说。

　　"大街上的餐厅都是合法的妓院，进去消费便是一种错误。"阿半说。

　　"她还偷偷用勺子把饭压扁，企图多塞一些米到碗里面。"小巴没去想阿半在说什么，只顾自说自话。

　　"你看看这些餐厅……凭什么食物就能逍遥法外，那些性工作者就是不合法的？"阿半说。

　　"我有时候怀疑她是不是故意盛那么多，她这么做时嘴角一定带着笑意，"小巴说，"真是不安好心。"

　　"为何只有食物可以做得美轮美奂？其实每一种文化都应该钻研与发扬光大！"

　　"……"

　　后来他们说些什么我都没听到，因为我已经走远了。回头看看，石凳上他们两个人占据了四个人的位置，很多外来背包客只能蹲在路边一边喝纯净水一边汗流浃背地看着地图。

1 ID

常看到很多网络垃圾，比如随便点开一个帖子，回帖里面便有那些没有来由的留言："LZSB""LZ脑残，不解释"……真是防不胜防，如果是病毒，起码还可以用软件挡掉。

也不能怪这样回帖的人，想必是楼主说了一句不动听的，他们才回馈。只是，一句"LZSB"实在是太机械化了。

有一次我在某部电影的讨论区发帖，八百多字都是讲我对那部电影的感想。我一边写，还一边反省："如果写稿也有这么努力那就好了！"

发表之后，去冲了一杯咖啡，回来看到有人帮我顶贴了："LZ脑残，鉴定完毕。"点开他卡通头像下的用户名，进入他的资料，除了一两句匪夷所思的介绍也没什么特别的。

但我还是无法戒掉在网上发评论的习惯，起初也会在网上与人辩论，虽然是两个不真实的ID在对骂，但吵架时那种愤怒的感觉还是真真切切的。为这样虚幻的辩论而有情绪，真是非常不值得，万一对方的承受力比你大，就亏了。

第二天登录，发现自己ID空间里的留言板塞满了千篇一律的脏话。但我没有不爽，只有一种"这些是作为一个马甲应该受的"感觉，因为我也曾去别人的留言板骂过。

如果网站、论坛实行实名制，每个人都要通过身份证去互联网中心申请账号，否则就不能在网站、论坛上留言，那么那些故意"黑人"的IP党就都灭亡了，网络的世界是不是会安静许多？有了这个想法之后，又觉得这么想真是太可怕了，人总要有个容身之处吧！

现实与浪漫共存的你

如何解释现实与浪漫共存的你?

现实的你,像游在沙滩边缘的鱼,你活在沙的世界,生活和沙子一样没有任何味道却让你体会到苦涩,偶尔发现嘴里全是沙,身体在不久之后也将被沙子填满;没有豁达的心胸,自由是把自己关进一个温暖的笼子,而你在空虚地飞着,越过一层又一层虚无的云,直到你的羽毛掉光,还是飞不到尽头;犹如扔在火堆里的潮湿的木头和书本,深呼吸,再深深地吐气,却得不到释怀,最终还致使热闹的火焰熄灭,你的世界一片黑暗,潮湿的依旧潮湿。

但浪漫的你,在沙滩上看到海平线上的日出与日落,唯独你总能体会到朝霞与晚风的美,沙子在阳光照耀下散发出的细小光芒,也能使你破碎的心感到欣慰;在云上虽然寂寞,但寂寞令你清醒,清醒让你思考,不怕寂寞,因为它还好只属于你一个;没有火焰的温暖,黑暗与潮湿就是你灵感的来源,虽然它们会让你渐渐发霉,再被霉菌腐蚀,你却不忘诅咒:火焰会让它们更快地化为灰烬。

双鱼妈妈

双鱼座的妈妈应该是最孩子气的妈妈，在当了妈妈之后，想法还是和女孩儿时一样。在孩子面前，她们不过是年纪大一点儿的孩子。

在地铁的站台，我看到一位牵着小孩的年轻妈妈和她的女性朋友，年轻的妈妈短头发，女友是披肩长发，两个人手上都挽着shopping后少量的战利品。不知道她们在聊什么，表情丰富而专注。

过了会儿，地铁进站了，人们一拥而入，年轻妈妈和女友一边聊一边也走进了地铁车厢，站在离车门不远的地方。等熙熙攘攘稍微平静一点儿后，车门关上了，她看着手腕上挂着的战利品，忽然发现自己丢了一样东西。

"啊，孩子丢在外面了！"她悔得直跺高跟鞋。车窗外的小孩在站台上东张西望，一副不知所措的模样。

地铁里每个人都带着错愕的表情，有个戴眼镜的中年男子激动得站了起来。但激动归激动，能做的也只是站着静待事态发展。这些"组织上的事"总是很不留情面的，上班族早上常常因为赶不上地铁而迟到而被扣掉薪水，晚上也常常因为赶不

上回家的末班地铁而只能破费坐的士。

地铁如往常一样开动了，车厢里的人都为此而低头叹气。

——但它竟然又慢慢地慢慢地停了下来。

方才还在低头叹气的人们，像是看到了希望之光一样，都微笑着抬起了头。

——站在角落里的我忽然感到有些事还是挺人性化的，并为此掉了一地鸡皮疙瘩。

车门开了，妈妈赶紧跑出去抱回自己的孩子返回地铁车厢，脸上带着歉意的笑。我想：这一定是个双鱼妈妈，因为我妈妈也是双鱼座的。

所以，她一定有自责过："刚才太可怕了，差一点儿我就丢掉了自己的孩子！"但她大多时候却兴奋地想着："这件事真好玩儿，我回家了要讲给所有人听！"

地铁重新启动了，孩子还在哭，她笑着抚摸着孩子的背，她的朋友也在一旁逗着孩子。车厢里的人也跟着松了一口气，各自想各自的心事去了。

作孽啊，作孽！

我的大学室友小拉伦理道德尽丧，是每个人都知道的。

班上有位女同学接到家里通知说"爷爷病危"，很是担忧。她将一块钱埋在学校的一棵树下，祈祷爷爷早日康复。过了两天，她用感恩的语气说："果然，我爷爷现在能下床了。"

某天小拉口渴想买棒冰，路过那棵树的时候，他竟然当着我的面将那一块钱从泥土里翻了出来。找到硬币的时候，他如获至宝般地将它亮出来，仰天哈哈大笑。

第二天女同学收到"爷爷去世，赶紧买票回来参加葬礼"的消息。我没敢将实情告诉那个女生，但从那个时候我就养成了一句口头禅："作孽啊，作孽！"

宿舍的天台上有一只被收养的猫，小小白白的，有时候会悄悄地来我们宿舍串门，看看我们有什么好料给它吃，与我们很熟的样子。

猫养在宿舍有气味，所以被放在了天台上的一个纸盒子里，又因为怕它四处乱跑，纸盒子的四面都高高的（应该是装电冰箱的纸盒子）。

那天中午下着小雨，纸盒子放在天台上淋雨，我和小拉从宿舍出来去上课，路过时往里看了一眼，小猫抬起头对着我们"喵喵"叫。

"真可怜。这些猪头学弟们收养小猫之后，又不好好养。"我往纸盒子里看了看，说道。

"你真以为这已经是它可怜的极限了吗？"小拉捡起地上一块砖头扔了进去，还好小猫反应敏捷，没有被砸到。

"作孽啊，作孽！"我不知道是哭是笑（同时发现自己对小拉的"节目效果"已经麻木了，这几年来，类似的事情他做得实在太多）。

我理解小拉：他扔的时候，有故意扔偏一点儿，也不是存心想砸猫。小拉天生对"娱乐大家"有责任感，只是有时候会跨越一些常规，这一点和小S很像。小S对任何艺人"跨越常规"时，她的粉丝总能理解她，将一切都归为"节目效果"。

比起把猫收养后又放在天台上淋雨的学弟，小拉尽管变态却没那么伪善，这反而是令人欣慰的。

洗澡见闻

大学的素描老师下课之前说："大家记得在澡堂多多观察人体，那是掌握人体结构的大好机会。"

说完后他又补了一句，"为了避免误会，一定要偷偷地看。"

常常，我在学校的路上看到的一些人，在澡堂里又会碰到。澡堂真是一个令人匪夷所思的地方，如果不是在澡堂再次碰到，你不会知道有些人的腿原来细得令人惊悚，而有些人臀部的形状不够美观，还有一些奇奇怪怪的伤疤，不由得令人想象它们的来历。

很多在路上看起来好看的人在这里被大大扣分，你会猜忌他（她）平时穿得那么美丽，是不是由于自卑心而造成的一种掩饰；很多相貌平平、穿着土里土气的人，解除衣衫之后竟然大翻身，这个世界也的确从来不是我们想象的那样。

而穿镂空情趣内裤的人——那是一条黑色的镂花内裤，除了造型是男士内裤，其他都和女性蕾丝内裤差不多。

我第一次看到有人那样穿，难免印象非常深刻，但他紧接着和朋友嬉笑着离开更衣间走进了浴室。这是很令人费解的事，一个人好端端的为什么穿着情趣内衣呢？

路过情趣内衣的店子，或是在杂志上看到情趣内衣的广告，我便不由自主地担心它们的销路：买这种内衣的应该是性格孤僻的极少数人吧，因为它们看起来既廉价，又不美观，而且缺乏创意，无论男士的还是女士的都很俗媚。

但现在的想法比起大学时期，又有所改观。

有人常说脱光衣服才是众生平等，这句话说得一点儿没错，但其实也只是身体上的比较而已啦，作为一个人，不能全为肉欲而活吧。

因为人们也常说："关了灯都一样。"

这句话经常从我最好的一个女生朋友嘴里说出，源于她自己总在内心嫌弃她的历任男友都不够好看。

天下大同

扬言说要"做自己"的人，无非是对一些搞不定的事妥协了，才说出这句逃避现实的借口。因为那所谓的"做自己"并不是在"做好事"，无非是面对不好的待遇敢发脾气了，抑或有些本来在做的事，忽然间感到不爽就都不做了。

如果这样就是做自己，那去把房子烧了，把街上的公用电话都毁掉，跑上街头对看不顺眼的陌生人扇几巴掌，便是彻彻底底的自己了。

高中时，有位短发的女同学，既活泼又幽默，几乎不得罪人，高一才开学不久就拥有很多朋友。高二时她却有所改变，变得很少和朋友们接触，只是有时会告诉我们她家里养了十二种动物之类的事。

有时候人只是想换个姿态活而已，前一个姿态的她虽然开心，但是复杂，在友谊圈里生存，会少了很多自我的空间；后一个姿态令她感到安稳，虽然朋友的聚会里可能少了她，但她多了很多看漫画、欣赏偶像剧的时间，也可能正和妈妈一起饲养家里的十二种动物。

这样，才是真正地做自己。

人经常改变，没有真正的自己，除了出生那一刻哀号的自己，在成长过程里被环境影响了的自己便不是真正的自己了。

电视上、电影里，每一个角色，不如说是每一个姿态，都很容易让观众产生模仿的冲动，因为学他的模样，可以让你更有自信，但那姿态并不是与生俱来的。而且你总要看到一些东西，你跟着去学，你的发型你的妆容，都是一种姿态，但都是不自然的。

倘若都"跟着感觉走"，变成一个乞丐也说不定。

我在书上看到过：任何姿态都是自己强迫自己去做的，除了失禁和酒醉时才是真实状态的自己。

后来觉得这么说并不对，失禁的状态和酒醉的状态，肯定是由什么事情导致的，想要一个人失禁肯定得大费周章——人好端端的，干吗失禁啊，造物主也没给我们失禁的本能啊。而想要一个人酒醉，得拼命灌他，不过最后却是被酒精作用的他——既然是被酒精作用了，那就不能算原本的他了。

所以只有熟睡的状态才最接近真实，而全世界的动物熟睡时的状态都差不多——所以，无论你要做回怎样的自己——天下大同啦！

发光体

有一种树非常稀少，但对我来说很重要，网上说上海植物园里面有一棵，我赶紧收拾好就出了门。

到了植物园我发现道路崎岖，管理员也没心情给我指路。植物园那么大，植物那么多，还都长得差不多，我也不知从哪里开始找起，找了好久也没能找到。

在寻寻觅觅的时候，真希望自己拥有一双神眼。听说网上有"目标现形药水"卖，不知道使用之后会不会有效呢？

后继1：

A得到了"目标现形药水"后，常常出现在闹市区。今天她戴着一顶彩色的毛线帽子，她觉得这顶帽子与她黑色的假卷发十分搭调。她闭上眼，将药水抹在了上眼皮，睁开眼后，整个世界变成了黑白的。

"只有那个唯一才是彩色的哟！"A想起说明书上这么写道。

闹市区忽然闪现一个有着粉红色光芒的背影。

真命天子出现了！A兴奋地追上。

不料那人一转头，A发现他的长相实在是太过普通。

我问A："怎么个普通法呢？"

A说："太……普通了，超出了自己的底线。"

后来，她四处散播"这药水其实没什么效果"的消息。

此外，她每天夜里都在哭泣，"命运低估了我！"

后继2：

B也是一样，当他猛一回头，发现一个穿着怪异、表情做作的现代文艺女青年正在瞪着自己——关键是，站在人群里的她正在闪闪发光。

他立刻转移了目光，装出一副只是不经意扫过的样子，随后找了个离自己最近的扶手电梯，快速从现场消失。

"她不会适合我的，她这样的，一看就知道跟我不是同一个世界！"他心有余悸地想着，她那顶彩色的毛线帽子还在他脑海里挥之不去，"与我适合的，虽然不太美丽，但一定也不属于刚才那种！！！她真像一只昆虫。"

回家后，他在淘宝上给了"目标现形药水"一个差评，每一项都只给1颗星星。从此他便天天宅在家里。

"日本的机器人做得越来越像真人了！"

他等待着日本机器人普及的那一天。

尽管到了那个时候，他可能已经是个推不动车的老汉。

快乐至上

我妈妈是个报忧不报喜的人，这导致我在上海时，总是对家里忧心忡忡。

"你爸爸现在很喜欢喝酒，和你爷爷一样。"她常常喜欢这么说。
"现在生意好差，这几个月都赚不到钱。"她也喜欢这样说。
"我可能要去动手术了，你有什么话要对我说吗？"有一次她是这么说的。
妈妈做完手术躺在病床上的时候，爸爸和我都认为这是上天的安排，上天以这个小手术暗示她某一件人生大道理：不该每天通宵打麻将，不仅会把钱输光，还对身体不好。

自从妹妹也考上大学之后，爸爸妈妈似乎都没有了心理负担，过着很豁达的人生。爸爸每天都和朋友在外面不回家，妈妈几乎不做饭，在牌桌上下不来。

过年回去的时候，发现家里有种很凄凉的感觉，原因是他们两个经常不在家。
"你们怎么每天都不在家？"我问。
"你到底要我们都留在家里做什么？！"妈妈正准备出门，在门口换着皮靴。她使劲一蹬，皮靴就穿好了，然后看也没看我一眼就将门带上了。紧接着传来了她下楼梯的声音，她一边下楼梯一边快乐地哼歌。
"……"
我站在原处，摇着头叹息，"这不是以前的那个家了。"
忽然又想："对哦，我让他们留在家里干吗？只是为了自己看着热闹吗？"
过大年和爸爸一起贴对联的时候我问他："你以前不是每隔两年就把房子装修一下的吗？怎么现在不做了？"
"以前是你们过生日、上大学，要摆酒席才装修房子。"
"那你准备什么时候再装修？我结婚的时候？"我问。
"你妹妹嫁的时候。"
"为什么不是我结婚？"
"你们两个谁会先结婚，难道我和你妈妈还看不出来吗？"
"我是不会这么早结婚的噢。"我把招呼打在前头。
"我可不是那种古板的人，你最好给我一辈子都不要结。我现在每天吃喝玩乐开心得很，到了该走的时候就拜拜了，你结婚对我又有什么好处？"
我坐在上海租的房子里面，回想起这个对白，越发感到很凄凉。
我常常想，他们看似开心、豁达、无忧无虑，不知道那是不是"处在绝望中的一种快乐"。

我打了个电话给妈妈。她一定孤独地坐在床上看着电视吧？我想着。

"喂？"过了很久她才接。

"你在做什么？你那边怎么那么吵？"

"你二舅赚了一大笔，在酒店开了一间房请大家一起玩。"

"哦……"我听见了搓麻将的声音。

"有什么事吗？"她问。

"没有。"

"哦。"

"拜拜？"

"好。"她果断地挂掉了电话。

过了不久，我又打电话给妈妈。她一定正在睡觉吧，从中午睡到下午，下午再睡到晚上，这样子的睡法，会让心情很糟。

"喂？"过了很久她才接，她似乎又很忙。

"你在做什么？你那边怎么那么吵？"

"我们在××酒店吃饭啊，你四姨升职了，请客。"

"哦……"

"你有什么事吗？"

"没有……爸爸呢？"

"正在吃啊，你要和他打电话吗？"

"不了不了……拜拜？"

"拜拜。"她又很果断地挂了电话。

后来的无数次电话，她那边的背景声都无比欢乐，他们应该在过着很充实的生活。我怀疑，偶尔，只是偶尔——大概两个月一次，她坐在家里看了几个小时的电视，很想找人说话聊天，而爸爸又不在家，就打电话给我……

"喂？"我在这边接了电话。

"在忙什么？"

"上网啊，你在做什么？"

"在看电视。"

"爸爸呢？"

"你爸？还不是出去喝酒，等会儿肯定是三更半夜喝醉了才回来……"

所以，她应该就是这样才开始了"报忧不报喜"的。

然后造成了我的忧心忡忡。

爸爸说："爷爷走的时候，也就那样走了。所以，开心就好。"

他们的开心、豁达、无忧无虑，应该都是真的，只是我多想了。这两个人应该和以前一样，依旧是快乐至上的人。

食欲

前天，我和朋友去吃蕉叶餐厅，当他认真地说："如果我有钱，一定每餐都吃蕉叶餐厅！"我捂住嘴"扑哧"一声笑了出来。

蕉叶餐厅是泰国餐厅，里面的服务员竟然也都是会说中文的泰国人，他们彼此之间"叽里呱啦"聊天的时候，让我感到这一切不过是在做戏。

首先上来的是一盘螃蟹——这个餐厅的畅销菜。螃蟹在我心中就像CK内裤的模特一样，我从不知道他们的肉到底长在哪里，但蕉叶餐厅的螃蟹不太一样，它们浑身是肉。

当舌尖轻轻碰触到蟹爪的时候，我被征服了！

"真的，太好吃了，我不该嘲笑你。"我激动地对朋友说。本来以为自己已经丧失了食欲，却活生生地被征服了。

——源自近一个月来我都是自己做饭吃，食欲渐渐被自己做的菜逼到了绝路，渐渐地我几乎快要找到"食欲"本人了。不过这样也好，原本发福的肚子变得又扁

又硬了。

接着，蕉叶餐厅的乐队开始巡回演唱了。每一首歌都节奏轻快，配合着餐厅的设计，竟然异常地好听，仿佛置身于夏威夷的海边。有个漂亮的舞者请我起身跳舞，朋友说："去跳吧！"

于是我跟着跳了，舞姿活像螃蟹过江，真是个很贻笑大方的过程。

跳完后，我回到座位，气喘吁吁地对朋友说："太好了，这里东西好吃，这些泰国人又热情！我以后要常来！"

朋友说："晕，这是他们的工作！！！"

好吧，我想我又有借口了。

不是食欲真的不旺盛，只是很怕肚子长胖。

Dirty Street

雨夜的街道上，我常常不撑伞。

"撑伞是有一点儿娘娘腔的。"

"男子气概"的追随者们认为真男人的每分每秒都该生活在逆境中——稀泥！胡楂！伤疤！脚气！

我很少撑伞，却很娘娘腔。

其实我适合穿雨衣，撑着伞会令右边的手臂比忏悔一次还酸，太不值得了！

这是一条住处附近的街道。

像有规律似的，每天路边的树脚下都有一摊黑胶碟面积大小的呕吐物。不知道是不是同一个人的，既然每天都呕吐在同一个地方，还是有点儿恶作剧的。那棵树应该很困扰。

在老太太看来，这些年轻的女孩子真是不学好，每天喝到呕吐！

其实老太太也应该自责，树边的狗屎，都是她家的狗拉的。

我吐你拉，扯平了！

于是这条街道继续脏着……

蚕食

不知道在哪里看到过"蚕食"这个词，看到的几次，都被用在不好的地方，但是是正当的。一片树叶被几千张小嘴慢慢吞噬，如果重心在一片树叶上，那种情景的确很恐怖。

最近我养蚕了，不仅仅是因为养其他动物会害它们的性命，不仅仅是因为无聊，也不仅仅是为了怀旧，还因为"蚕宝宝"这个词对我来说有很亲切的感觉。

于是到处寻找桑树。

同学说附近的鲁迅纪念馆有一株，还挂着"桑树"的铁牌。我去看了看，它有三层楼高，树叶都长在第三层的位置，从三楼走廊的窗户伸出手来就可以摘到，但是等我到三楼之后，发现有保安人员守着，只好放弃了。

在网上搜索到郊区有一棵，还拿到了详细地址；淘宝网也有桑树叶卖，一千片树叶五块钱，从浙江的桑树生产基地寄过来需要两天，上海也有卖的，比浙江贵两块，怀疑就是引用浙江的；此外，网上还有一种新型的蚕饲料，与喂养金鱼的饲料相似，饲料的颜色可以任意挑选，有粉红色和紫色两种，蚕吃了后可以变成粉红色或紫色，像被拉长的棉花糖。

郊区我去过一次，那是一棵并不太大的桑树，估计附近也有人在养蚕，叶子都被扯光了，难以想象如果蚕要吃坐在轮椅上的老人们的头发，大家都去扯他们头发时的情景（关键在一个"扯"字）。

而后面两种方法不到万不得已我不是很愿意尝试。

我租住的地方是老式小区，在小区里寻觅了一下，发现有一棵叶子软绵绵的幼树，于是将叶子摘回来给蚕吃。可能是饿了吧，软绵绵的叶子上出现了一个个小窟窿。

过了两天，在虹口区一个养蚕人的介绍下，我又坐巴士去了一个地方。

我在巴士上想着："平时都在房间闷着，现在也有个借口出门晒晒太阳了。"

摘了很多桑叶回来，同时也发现小区那棵叶子软绵绵的就是桑树，这样的树小区里竟然有很多棵。

我常常呆呆地看着细小的蚕宝宝吃着桑叶，始终无法把这单纯的画面与"蚕食"这样的字眼连在一起。

也发现了小时候养蚕时所不曾注意的，虽然是刚出生的幼蚕，却也吐出了整齐的一小捆金色的蚕丝，好像在说："你好，这就是我的作品，谢谢！"

几个月后它们还会结茧，并不是没有贡献的。

医生与我

牙医用针插进我的牙缝，我痛到几乎快死掉了。
赶紧让他拔出来。

接着对他破口大骂："你是变态吗？插得我很痛！这让你很爽是不是？"

他无奈地说："……本来就是这样啊。"

"但也不是这种程度的！"

出了医院后，我的心情很阴郁，但又有劫后余生的庆幸感，所以心情还不算坏。

仔细地分析了一下那个牙医插我时的表情：我一直喊痛，反而令他不能罢休，他分明是感到幸灾乐祸的……简直是一个虐待狂！

我不禁又打了个寒战。他就是漫画里面戴着眼镜的阴险的人。

天上正在下着蒙蒙细雨，我对着快餐店的玻璃窗照了照，玻璃里的我正用右手捂住脸颊，眼睛红红的，活像刚刚被人强暴过——其实也差不多算是强暴了，只是部位不同而已。我是从不会因为肉体上的疼痛而哭泣的，这一次却例外。

我进了快餐店后，却发现自己暂时不能吃东西，于是更加悲从中来。

还记得小时候和爸爸去看牙，那是个很和蔼的牙医。牙医替我补牙时，爸爸紧紧地握着我的手。

"慢慢来吧。"爸爸对牙医说，一开始，他是不好意思说的。

"好了。"牙医说，"痛吗？"

"已经好了？"我说，"不是很痛。"

第二次去的时候，牙医对我说，当他看到爸爸紧紧握住我的手时非常感动，他想起了自己和儿子的关系，他略有感慨地说："他和你一样年纪，只是我们之间几乎不说话，一说话便会吵架。所以，看到你和你爸爸的关系这么好，我很惊讶……"

我在心中祝他们早日消除隔阂。

又过了一个星期，继续去看牙，这是最后一次了，比前几次都痛很多。但是因为对这个牙医心存感激，所以即使再痛，似乎都是能忍受的。如果一个医生能让病人感受到爱意，病人在接受治疗的时候会坚强很多。

I´m A Slave 4 U

小甜甜还没变成甜甜圈之前，有一首歌叫做《I'm A Slave 4 U》。内地引进之后有个版本将这首歌翻译为《我在努力工作》。

我的室友是个正宗上班族，七点准时去上班，再加班到晚上八九点，回到住处十点。他又是个爱生活的花蝴蝶，即使六点准时下班，他也要在大街上飞舞到十点才罢休。

回来后便对我讲同事和客户的坏话。

他从不直接骂一个人，但总会令我脑中浮现"弱智女""无素质男"等词语；有时候也会描述一件不可理喻的事，侧面诋毁当事人，勾引我来帮他破口大骂，让我来造口孽。

——所以我是细心的，总能明白谁是今日该骂的，肥胖子Mary？心机鬼Carrie？白痴Jessica？

我没上过多久的班，生活像一块两毛钱一杯的豆浆一样平淡，没什么好玩的事和他交换。但他讲完了我不讲，显得我有些冷漠和自私。

有一次，我犹豫了很久，决定讲一个"出版社的机密"，还没开口他就打哈欠了，再继续说了两句，他犯困的眼泪流了下来。

是我的叙述能力太糟糕吗？！

显然不是，只是他比较善于倾诉，我比较善于倾听。

后来习惯了，学会了只当个垃圾桶。他噼里啪啦讲完后，就走回自己的房间去了。留我一个人坐在房间，心情五味杂陈。

室友他不爱钱，也不喜欢被人奉承——小说和电影里的浪漫桥段是他毕生的追求，但也因为迟迟未出现，令他备感憔悴，他并不介意我把他的事当成故事写出来，也正因为我是写故事的，潜意识里他愿提供更多——估计每次在回家的地铁上就开始酝酿当天要讲的内容了吧，只是他不知道我每次都把他当做反面教材。

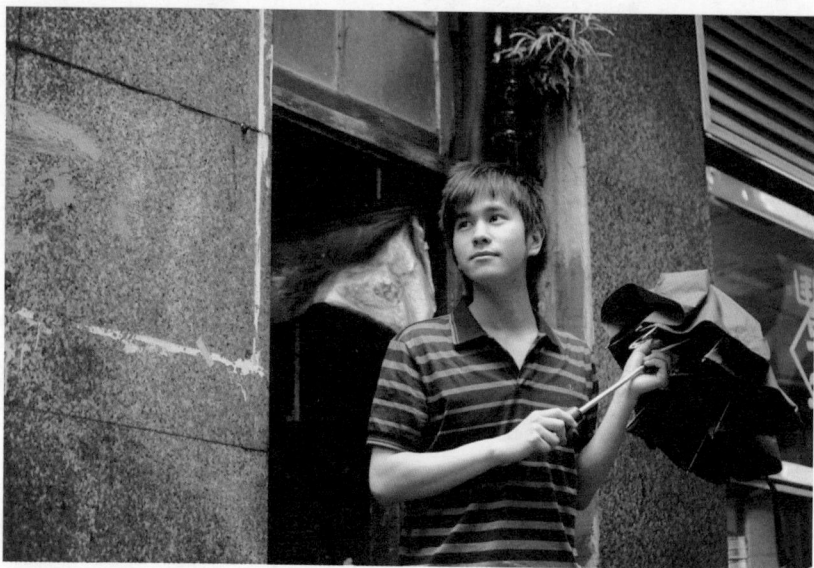

"细小"

"细小"是一种新型犬病毒，靠空气传播，患者为四个月左右的小狗，存活率百分之五十。若不采取治疗，就没有存活率。

我以为我的狗得了"细小"，宠物医生用类似验孕棒和HIV快速检验棒的东西判断出它没有患"细小"，深度诊断后，发现它患有严重的肠胃炎，得住院。

"它很喜欢吃自己的大便。网上有建议的方法，但都很暴力，我不忍心对它实施……所以它一直吃自己的大便。"我对宠物医生解释它得肠胃炎的原因。

有位老汉也来给三个月大的小狗看病，当场检验出已经患有"细小"，并且已经到了晚期。

"你不该去其他宠物医院，拖到现在，治好的几率非常非常地小！"宠物医生严肃地对老汉说，老汉满是歉意。

在医生料理小狗的时候，老汉悄悄地对我说他在其他宠物医院已经花了八百多块钱。

我问医生，它的"细小"会传染给在场的所有狗吗？

医生说，这种病毒当面可能不会传染，即使关在密室，也可能不会传染。"不过在场的除了你的狗，其他的狗都有打'细小'疫苗。"医生补充道。

三天后，我和朋友小D一起去宠物医院看狗，医生说已经给它注射了"细小"的疫苗。

"他不该去其他宠物医院，他们非常不专业！拖延了它的治疗时间。"对于上

次那只不幸得了"细小"而往生的小狗，医生说。

这个医生很专业。首先他长得很好看，此外他很瘦很年轻，大概二十五岁左右。他对狗充满怜悯与关爱，对人却连一个职业性的微笑都不会施与。

每个带着狗来看病的人（一般是成年人），语气和眼神里都透露着正在嫌弃自己的病狗，但他完全不会。我暗自猜测他是不是因为不想与人类打交道才在这家宠物医院工作的。

"我就不收你这只小狗的住院费和治疗费了，但基本药费你还是要付的。"他说，"虽然是狗，但它们使用的点滴、药品都很正规，有些国内没有的药只能从日本进口，人们常有的'治疗动物会比较便宜'的观点是错误的。此外，治疗狗的难度系数比较大。因为狗不像人，人在生病时会有意志力。"

小狗病好了之后，我没有把它领回家，而是放在宠物医院养着，有时候会和朋友小D一起去看它。

我闻到医院的气味便会胆怯，生病时尽量靠去药店买药来治疗自己。而在宠物医院却不会感到胆怯——会胆怯的应该是狗吧。

后来，小D常常提议去这家宠物医院看看小狗如何了。去了几次之后，我发现小D醉翁之意不在酒，小D根本不关心狗怎样了，每次都是目不转睛又一脸春情地盯着医生看。

"细小"这个词，听起来像是在形容熬夜过后躺在床上、紧闭着眼睛时，脑袋里面的楼梯、沙发、细胞、人都渐渐变小的感觉。

有关被误解的热门问题

在学校里，比较正常的交友方式是男生只和男生玩，女生只和女生玩。我高中的好友圈，大概七八个人，却一半都是女生。可能是艺术班的缘故，大家的性别定位比较模糊。

"原来这个世界上还是好人居多。"和这些朋友在一起我就会有这样的念头。同他们在一起的日子成了最快乐的时光，原来"友谊"这么重要，在心底的位置曾一度超越"爱情"。

高中毕业后大家劳燕分飞，好友圈顺势解散。

也许是人生的变动太大——爱情、友情几乎不可能在陌生的环境里手到擒来。而在"你认为爱情、亲情、友情谁比较重要"的选择题里，将"亲情"作为首选的人，其实一不小心透露了自己情感世界的"空虚"现状。

最快乐的那几年里，我们常常在周末的时候一起去谁家里看电影，或一起去乡下同学的家里做客，一起聊天，大家在班上讨厌的人总是很相同。

爸爸妈妈总是怀疑我和好友圈里的某个女生有一腿，而他们又不能确定到底是谁，所以常常在饭桌上打探内幕。

"×××最近怎么不和你玩了？"妈妈问。

"普通朋友而已，没必要常常黏在一起。"我回答。过了一会儿，我内心又被一种不满的暗涌触怒了，只好进行严肃地警告，"你们根本就不懂现在年轻人的情况！不要总是胡乱猜疑！"

"我们只是问问，又没有说什么，"他们说，"如果真的没什么，你干吗这么激动？"

话不是这么说的，就是因为"没什么"才"激动"。

"×××的家里有钱吗？她的父母是做什么的？"他们忍不住又问。

"……"

×××的父母离异了，她跟着妈妈生活，靠妈妈在工厂上班维持生计。×××在周末给市里开业庆典的店子跳舞，靠这赚取零用钱。她可能把高中读完就不去读大学。

"你们可以不要这样吗？大家是玩得很好的朋友，根本不了解也不在乎彼此的家境如何！"

"我们只是问问啊，难道我们连问都不能问吗？"父母说。

我们只是单纯的朋友关系，为何总被大人用有色眼光看待？很多"关系"都是因为别人的猜测而解散的，还好我们几个"情比金坚"。

但大人就是这样具有好奇心，随意猜测孩子的世界，而且还随意给孩子的同学取绰号。

班上有一个男生，个子很高，说话声音大且表情夸张，长得像一只狒狒。晚上大人们去接孩子放学，在教室的窗户外围观的时候，视线偶尔会扫到他，目光可能因为他的长相（或者说话时候的表情）而停留得稍微一点儿。

"你们班上那个丑八怪男孩成绩好吗？"饭桌上，妈妈问。

"请不要给人家乱起绰号！"

"嘿！我又没说名字，你怎么知道我指的是谁？"妈妈说，"说明你也觉得他丑。"

"没有人喜欢他，他喜欢很多人，班上有五个人都被他追过。"我无奈地说。

"你呢？追过几个？"像是没经过大脑问出来的问题。

"拜托，你们能不能不要总是把这个世界想得这么简单！大家认识彼此，不代表彼此都要谈恋爱才行！"

"你怎么每次都这么激动呢？我们只是问一下。"

有一天，和好友们在一起吃饭的时候，我说："我妈妈老称××为'丑男孩'。"

"我奶奶称他为'丑八怪'。"

"我妈妈也是！"

"我妈也是。"

过了很久，有个女生皱着眉头说："长得丑也有罪吗？唉。"

高考后暑假里的某天，我打电话给他们，"快来我家玩！我爸妈旅游去了，明天才回来！"

他们中午前便都来到我家，家里没有饭，大家一起吃泡面。

吃完后跑到父母的房间里，有的围着电脑，有的在看电视。

"你们电脑上放的音乐可不可以小声一点儿啊！我都听不到电视机里的声音

了！"看电视的人丢过来一句话。

过了一会儿大家又厌倦面对屏幕，开始打麻将。

晚上看了部恐怖片就准备睡了，凌晨1点多，八个人横躺在一张床上，还好有空调，虽然挤但是不觉得热。

我和一个女生聊到3点钟还没有睡意，确定其他人都睡死了之后，她低声说："告诉你，我有可能喜欢女生！"

我说："你竟然隐瞒了四年！"

"我不确定！我只是发现我从小到大没有喜欢过男的。"她说，"但也没喜欢过女的。"

"你一点儿也不像啊，你只是没碰到。"我说。

"唉，我该怎么办啊？"

"女生要到了三十岁才会对这些事开窍的。"

到了早上，有几个人打完招呼就回家了，剩下我和两个女生还在赖床。9点钟的时候，妈妈推开房门看到躺在床上熟睡着的三个人，惊呆了。

我听到开门的声音，眼睛迷蒙地看向门口，只看到妈妈将门悄悄关上的背影。

过了一会儿，我收到了妈妈的短信："我去买菜做饭了，你们赶紧起床吧。我会当做什么都没有看到。"

起床后，妈妈一直暗地里观察我们。两个女生吃完中午饭就回家去了，妈妈过来我身边聆听我的解释，我无力地解释说："昨晚一共八个人，有男的也有女的，大家都是普通朋友，什么也没做。"

她一脸不相信，但我完全不想再说什么了。

后来有一阵子她都过得很忧郁，常常不自觉地提起这件事，提起了又说："你不要解释，我懂，我懂！我知道的。"

但她打心底认为我们是一群不可理喻的年轻人。

有一天她终于想通了——好友圈里面有个成绩很好、长相也很正派的男生，大人们很相信他的话。有一天他和我妈妈聊到了这件事，妈妈心里的所有忧虑瞬间烟消云散。

他对我说："你妈妈竟然误会了那么久，实在太有趣了！怎么可能嘛？！"

后来妈妈依然喜欢提起这件事，描述的重点转移到"八个人一张床到底是怎么挤得下的？你们那天洗澡了吗？"

我照样是什么都不想解释——同大人解释事情，他们未必认真地去听；就算认真听了，他们未必当下就想得通；即使想通了，当意识到子女已经超乎想象地"成熟"，他们又难免会心有余悸。

爱是一道光芒

高二的一天中午吃完午饭，我和翠屏在学校附近的一条河边散步。这条河是长江的支流，市民都喝这条河里的水。

水与滩的交界处，盘满了由水浪打上来的水草尸体，还浸着零星的卫生纸、卫生巾、保险套和保险套的包装袋、扯坏掉的胸罩、胸罩里面的钢圈、装饼干的塑料袋之类的垃圾。

我们喜欢走在河滩与水的交界处，同时尽量远离这些垃圾，但往往又忍不住去看那些垃圾，人都是有好奇心的。

我们看到河滩的垃圾中好像有个婴儿。

"好小。"我说，"是塑料的吧？"

"应该是塑料的。"翠屏说。

下午上课时，翠屏一直坐立不安。

"我们一起去河边，把她埋起来吧？"我收到了她传给我的纸条。

"是个假的，有什么好埋的？"我回她。

"假的也要有一个比较安全的栖身之地啊。"

"还是别去啦，这些事沾不得的。"

翠屏便没有回了，在我们的友谊里，我是话多的一方，所以我说的话比较算数。

下课后，翠屏便不见了，直到第二节课才忽然出现在位子上。

我问她："你一个人去的？"

"是啊！"

我又问："埋了吗？"

她点点头。

"是真的？"

"是真的，我这次去看，还有一根脐带。"

"唉，这个世道！"

"其实我中午就看出来是真的了，只是不愿相信这个事实。水拍打在她的身上，我觉得她一定感到冷。"

"怎么埋的？"

"用树枝挖了一个很深的洞，然后把她放了进去，再用水草盖住，一点儿都看不出来挖过的痕迹。"

"你真胆大！"我很担心她的未来，我们那个年纪都还很迷信，害怕妖魔鬼怪因为一些事而找上我们。

"我去了之后才发现我根本就不怕，我认为我在做一件很好的事。我还给她做了一个小小的墓碑呢。"

她回想着，一脸的安慰。

她留着齐肩的短发，头发又黑又直。她还长着一双又深邃又大的黑眼睛，已经很少有人还有着这样清澈的眼睛了。当她帮她做了一个墓碑，然后再面朝河流，起身闭眼双手合十，祝福她在另外一个世界里健康快乐的时候，天空中一定出现过一道爱的光芒。

云清

第一次见到云清，感觉他就跟他的名字一样云淡风轻。

他刚从英国回上海，穿着米黄色的外套，浅黑色的牛仔裤扎在深棕色的皮靴里，皮靴上还有精致的花纹，胳膊上挂着一个古典的包包，在人群中站得直直的。

我问包包是什么牌子的，他说是Vivienne Westwood的女包，然后他让我猜猜看外套是什么品牌的，我猜不出，他告诉我是D&G，不过是在打折时买的。

他在英国读书，从他MSN的在线时间和他在英国仅有的几张照片，可以看出他过得很是清贵与无聊。

"有了网络，你们那些人也不去外面玩了。"我说。

"去外面也没东西玩，我又不喜欢和洋人打交道。"

他在英国坚持修道，房间里有打坐的摆设、香炉、一些符，还有一些我也不知道怎么称呼的器物。室友是一对台湾的情侣，宅男宅女。

我和他约在宜家。他在宝山区租了很贵的房子，过来的时候地铁坐了一半，受不了里面的气味，换成的士。晚上又去了来福士。他对逛街很有兴趣，也许逛一天什么都不会买，但他并不会感到累，不像我和我认识的其他人。来福士的Armani香水正在做买香水送Armani包包的促销，他考虑了一会儿买了一瓶，说主要是为了那个包包。

吃饭的时候聊到他现在的女朋友，她也在上海。他说他们只见过一次，准备以后都在一起，安安稳稳地过生活。

"也许她并没有这么想过，会这样想的人实在是太少了。"我说。

他倒是很自信地说："不会的。"

我一直以为他是属于把一切看穿的那种，毕竟他是修道的人，博客里写的尽是"羽化而登仙"之类的语句，不过尽管如此，他觉得该做的还是得积极去做。

"你认为真的有人会喜欢上你这种奇怪的人吗？"我是指他每天打坐，喜爱调养生息，并随时可以看到灵异现象，同时他与现代年轻人行为相左，虽然是富二代，却又不是摆阔的那种，故也没人有机会爱上他的钱。

但他并不觉得自己奇怪。

不知怎么的，吃饭的时候聊天又聊到了鬼魂。

他说："你现在身边就站着许多。"

我说："难道是因为这家餐厅在地下？"

他说："任何地方都有，大街上全都是，你想看看吗？"

我指着桌子上的手机说："你让它动一下我的手机就行了。"

他说它们无法碰到这些东西，只坚持问我："你想看吗？我可以帮你开天眼。"

我选择了不看，并且坚持不相信这些，认为他是在戏弄我。

我又问："为什么它们能碰到地面，却不能碰手机呢，这地面啊、楼梯啊也是人类后来改造的。"

他解释了一堆，听起来很牵强，我对牵强的东西记不住。

又改聊感情，说到了他的上任女友是校花，我还记得他当时将她的照片发给我时的情景。

"明明是个网络红人。"我说。

他说："但我和她在一起过。"

我说："是有人用假照片欺骗你吧？"

他说不会。

我说："其实你心里也清楚，只是宁愿相信美好的一面，对吗？"

他说："你不信，我也没办法。"

我说："那你说她怎么会喜欢你呢？她长得这么好看，又年轻。"

他说："我长得也不差啊。"

我说："但没到可以和她谈恋爱的地步。"

过了两天又出去吃饭，这一次我说："有时候我严重地觉得你活在你自己的世界里，我希望你醒一醒，面对现实。"

他的回答我忘记了，我对含糊带过、暧昧不清的话总记不住。

聊到感情的时候，他说下个月就和上海那位同居。

我说："你们一定会分手的啦，请相信我，百分之百。"

"你干吗总喜欢咒人分手？"他的表情有一点点焦虑。

新年过后又与他一起在上海的某个角落里喝茶。

他告诉我："我们过年时经常通电话，一打便是一个小时的长途。"

我说："那你们打电话时会聊性吗？"

他说会。

我完全不敢相信。

过了两个星期，我们又出去吃饭，这次挑了一家粤菜餐厅。

他告诉我那个女生要离开上海去别的城市工作了，所以得解除恋人关系。

"别将一切梦幻化了，那只是她的借口。"我说，"她只是不想和你一起了。"

我经常说这种话，也是希望能令他融入大众。

但这一回，他却说："也许吧！唉！"

回去后，他在MSN上发消息，让我给他介绍女朋友，条件是：好看，有内在。

我说："我谁也不认识！"

他说："那你多留意一下！"

这个时候我觉得他有点儿融入大众了（又有点儿所谓的虎落平阳），只好答应帮他留意。

但我还是认为他将找不到恋人，他注定和摆在窗台边或香炉里的香一样，云淡风轻地、静静地燃烧着。

快餐店里好打牌

我做过的最快乐的事，其中一件就是在快餐店里打牌。

在云南的丽江有一家叫做"德克士"的快餐店（新华书店的旁边），在丽江的六天里，我有五天都是和同学待在里面打牌。当时一起的几个同学是怎么想的我不知道，反正在云南待了一个月我认为快乐的时光都集中在这打牌的五天了，有度假的感觉。

而其他的经历都很不堪，例如在玉龙雪山的悬崖上，因为路太崎岖，我骑着马，在马背上摇来摇去，只能夹紧双腿让自己不要从马上掉下去摔死。

上了年纪的马夫脚一滑跪在了地上，膝盖和手掌都磕出了血。过了一会儿，马也摔倒了，从悬崖上滑了下去，还好有石头挡着，不然它就掉下山去摔死了。想必它也是习惯了，摔倒后，一脸从容地等着惯性停止，然后站起来等我们过去。我双手紧紧地抓住树枝和石头，不然我也和马一样的下场。

"我还是下来走吧！"我摘下耳机，对马夫说。

"不不！你在上面。"马夫说。

我想，这可能是他们的规则，若我下了马自行行走，他们会担心游玩结束后我将借此讨价还价。

我们在雪山里来回走了五个多小时，我滴水未进，马和马夫也滴水未进。眼前是一幅白茫茫的雪景，雪花不停地飞舞，眼前的景物似有若无，雪山无边无际，四面远远近近都是大自然的轮廓，那种壮观浑然天成，人生里这样的风景能有几回呢？但我无法享受。我的身体麻木了，胯下酸痛，腿也没有知觉，像橡皮糖般甩来甩去，唯有手依旧紧紧地抓住缰绳，估计浑身的血都集中在心脏了。

我扪心自问，我需要的只是度假的感觉，而不是"体验生活"。

我拿出手机给当时的恋人发消息，准备抱怨一下。

回复过来的语气让我觉得，除了当事人，没人知道自己的感觉，抱怨也是白抱怨。

后来的几天我和同学都待在"德克士"里，一边打牌，一边点餐，吃喝玩乐，每次服务员想驱逐我们，我们就买一杯饮料来封他的嘴。五天很快就这样过去了。

"罪"不"耽"行

高中时我家离学校太远，所以就一直寄居在表弟家里。除了住的那间小房子，这个屋子的其他地方都不是我该久留的，所以每天放学后我都会带很多漫画书回去，靠它们来消磨放学到睡眠之间的这段时间。

漫画书是大家一起租的，所谓"大家"就是指我当时和同学组建的一个"租书圈"。这个"租书圈"由班上五个非常喜欢看漫画的同学组成，大家一起凑钱去租书屋租一套漫画，然后轮流着看。这样比一个人单租要节约很多，而且看完后大家还会坐在一起大声讨论剧情，以及各自喜欢和讨厌的人。

那次大家租了一套耽美漫画，我带回表弟家后，在睡觉前看了一半，第二天忘记带到学校了。

晚上我回到房间继续看，听到门外表弟的父母在客厅吵架，声音时大时小，大致内容如下：

"你让他走啦！让他走！"表弟的母亲说。

"这没什么的！一本书说明不了什么！"表弟的父亲说。

"你不觉得变态吗？我现在就进去让他搬走！他住在这里我觉得不舒服。"

"这不关你的事，你给我去睡觉！"表弟的父亲劝阻她。

当时我不知道他们说的到底是谁，所以我继续躺在床上看书。

后来我去问表弟，他说："反正说的不是你，放心吧！"

没过多久妈妈把我接走了，我问她："我不是住得好好的吗？为什么要搬？"

她摇摇头，给了我一个微笑，说了几个搬走的理由，都是随便敷衍的借口。现在想起来，那个微笑和那一个个借口都需要非常大的宽容心。

等我到了大学，不知道哪天——也许是坐在缝纫机前缝合两块布片的时候，我像品茶一样在脑海中回忆过去——才恍然大悟表弟的母亲所说的"变态"就是我！

表弟的母亲常常会帮我整理床铺，而漫画书就放在床上，她可能翻阅了那几本漫画书，对里面的内容无法接受。

忽然觉得有点儿愧对表弟的妈妈，我毕竟吓到她了，后来的那些日子她都要拿出勇气来面对我吧？

而大学的一次类似经验却令人轻松得多。

大学的语文课上，我在角落里看漫画，前面和旁边都是同宿舍的同学，正在酣睡中的他们人高马大，正好可以当我的"人墙"。

讲台上是我们的语文老师，他四十岁，国字脸，身材不太高，戴着眼镜，授课的时候总会沉浸在自己生动的描述里面，表情非常丰富。他从不让学生挂科，从不发脾气，是我们眼中的"老好人"。

但是对不起啦，"老好人"！和你的精彩演讲比起来，我还是想看漫画。

下课铃响了，我稍微放松了一些，没那么遮掩了，忽然一只大手把我的漫画夺了去，我顺势一看——天哪！是"老好人"！

这个时候旁边的人墙们也都醒了，我忐忑不安地低声责怪，"他来了，你们竟然不叫我！那本书可是……唉！"

"我们也不知道啊！"他们小声地说。

"老好人"一边翻书，一边说："是什么书？上课的时候竟然看得津津有味。"

完了！完了！

我抬起头注视着他的脸，想看看他看到书的内容时面部表情的转换。

"咦……怎么好像都是男的？"他感到很奇怪。

旁边的男生女生都笑了。

我不知所措地坐着，用手掌摸着脸，看看它到底有多么滚烫。

"你为什么看这样子的书呢？"他问我。

我正在寻找答案，类似"那你为什么教那样子的书呢？有些事情是没有道理的啦！"的话已经在准备中了。这个时候小拉（我的室友）非常正经地对老师说："老师，你不知道吗？现在流行看这个啦！"

"哦，这个样子的！嗯，改天借给我看看。"

说完他又翻了一下，然后放下书到教室里面其他的位置转悠去了。

"哈哈，谢谢你救了我。"我抱着小拉，非常感激地说。他厚实的身躯总是那么令人有安全感。

班上的女生赶紧凑过来，抢过书的封面看了看。

"还好是《纽约 纽约》！不然你就完了！哈哈！"

我也庆幸我看的只是《纽约 纽约》！

忏悔

每次出门，都要提着大袋的垃圾绕到小区的垃圾站扔掉。

一边走一边看着透明垃圾袋里各式各样的垃圾，我记得它们原本的用途，回想着它们最初的样子。

每次扔掉沉重的垃圾袋时都会不自觉地忏悔："为什么我制造了这么多垃圾？"

特别重要的一点是：我已经是一个非常节约的人了——为了不制造垃圾，甚至不吃东西、不买衣服，最近连画画也不用纸了，直接在电脑上画。

每一次垃圾站前的忏悔，到最后结论都是：除非我死，不然我无法不制造垃圾。

每天早上，打开电脑，启动音箱播放音乐，电流藏在电丝里看不到，所以并不触目惊心；然后去洗手间打开暖气（也叫浴霸）洗澡，也许是暖气的灯太亮太刺眼，当我感觉到热水从脚边潺潺流过，脑海里就无法逃脱般地想到了"浪费"这个词。

我至今还不清楚我们制造的垃圾到底去哪里了，以前我总以为是将垃圾打包，然后装在纸盒子里，用火箭运到火星，然后扔在火星上面，或者任装垃圾的纸盒在太空里面飘着。这样地球远离了垃圾，仍然是完美无瑕的地球。但稍微懂事一点儿，又觉得如果真这样，地球只会越缩越小，缩成一粒揉搓之后的鼻屎。

但其实我也不是个环保主义者，给自己贴这种标签稍微有些做作，其实很多事物不必非得有个标签，这就像我们都在呼吸，我们也没声称自己是"呼吸空气主义者"。

大学的时候，有些同学号称是环保主义者，他们设计环保服装——用垃圾袋、可乐罐、泡沫拼成一系列衣服。这种衣服人们穿着并不舒服，视觉上又难看到极致（仅这两点，这种环保服装其实已经不能称之为衣服），而因为是"环保"，所以大家也忍了，老师给了高分之后，记者也来报道了。衣服用完之后，丢弃在垃圾堆里尤为壮观，像要拿去焚烧的花圈。

不过从另外一个角度想，用垃圾做衣服，至少可以节约很多成本，因为制造一套毕业设计的成本大约是5000—10000元，而制造一件环保毕业设计的成本大约只在50—100元之间。

O型血

凌晨3点钟我就起床了，因为昨晚7点钟就上床睡了。

"我的作息时间变成和我乡下的外婆一样的了，不知她还好吗？"我这么想着。

去洗漱的时候，我看到门口放着两块巧克力，在月光的照耀下闪闪惹人爱。

那是在宜家一层才有得卖的巧克力，自从上个月吃过之后，几次想抽空去宜家再买，但没有机会。我也没有告诉朋友我喜欢吃，朋友却在我睡觉的时候放在了我的门口。这真是一次漂亮的巧合。

我常常被朋友的人性所感动，朋友说他没验过血不知道自己是什么血型，但我猜他是O型血。

O型血的人就算再感性、愚昧、刁蛮、冲动、盲目、喜怒无常，给我的感觉却还是善良与随和的。他们是真正地为生活而活着的人类，他们会去理解任何事，他们会哭会笑，会不小心生病，会学习。

我认为真正令人厌弃的还是我自己的血型，我常常思考自己为什么而活着（除了责任感驱使，至今也没有其他的答案，但我不想以此而活）。据调查，A型血的人过于固执，所以他们大多孤独终老。日本人以A型血居多，这大概造成了他们国家内部压力过大，有太多拘谨的礼仪。

我不想孤独终老，我想记住这些美好的现实。朋友就在我的生命中，我应该好好珍惜他们，好好去感受一切真实存在的情感，没有这些真情实感，我更加不知道活着是为了什么。

其实和宜家的巧克力、O型血都无关，我只是容易被真实世界的纯真性格打动。

爆料

上个星期，好久不联系的大学同学小拉在网上Q我，"我女朋友和我分手了。"

尽管在他找我的那一刻我已经猜出端倪，但我还是假惺惺地问了一句："啊？为什么？"

"当然是因为你在专栏里写的那些啊！！！"小拉生气地说。

"我的专栏？我什么也没写啊。"说完这句话后我赶紧关掉了QQ。

我在前几期的专栏里爆料了他女朋友怀孕的事儿，尽管用的化名，还是被知情人猜出。

我常常认为一个作者应该隐姓埋名，如果大家不知道作者是你，便不会猜测你写的到底是谁——个作者只有放胆写下去，才能释放所有的能量。如果只是阴阴郁郁的愤怒，读者还是需要花力气去捕捉的。

我也希望有些事情是多年后，生米煮成了熟饭时才被大家挑明。无奈现在网络太发达了，我并没使用大家的真实姓名，却已没有藏身之处。

好在小拉这人喜欢刺激，不管好事坏事，只要自己受到关注都是开心的。若是换了其他非常注重隐私的人，估计已经采取报复手段了。

但采取报复手段也无所谓，有些事由不得你们了。

转眼之间

今年中秋节，我去乡下看外婆。

"再不去看外婆，说不定外婆……"尽管这么想很不好，但这是迫使我去那个连厕所都不敢进去的地方的最主要的原因。

每次决定去外婆家，我会在前一天不进食，避免第二天去了之后要上厕所。我妈妈自然是很看不得我这个样子的，但后来她竟然也这么做。

到了外婆家，外婆和外公在厨房里面给我们烧菜，妈妈躺在外婆的床上睡觉，我找了一个比较干净的小凳子坐在门口晒太阳。

前面一排住户的房子已经塌了，估计里面已经没有人住了。外婆家的门口也没有鸡了，我去厨房问了一下外婆，她说鸡都死光了。

这整条小巷连一条狗也没有了。

不仅仅是狗，人好像也比几年前少了很多。我在门口坐了将近一个小时，只有两个中年妇女路过。

"你们这里的人呢，怎么都不见了？"吃饭的时候，我问外婆。

"都死了。年轻的都去城里了。"

"那年轻人干吗不回来？"

"都出去了，还回来这里干什么？"

我联想起了外婆的姐姐所住的村庄：那是一个比外婆家还要遥远的村庄，大概在我八岁的时候，那个村庄本来也住着很多人，后来有志气的年轻人都去都市打拼

了，那个乡村便只剩下老人了，接下来老人一个个地死去，外婆的姐姐是最后三个活着的老人里面的一个。

给外婆的姐姐送葬的时候，我隔着草丛，远远朝村庄望去，只看到废墟和坟墓。

"还有谁住在这里？"我问。

"只有鬼才敢住在这里。"

"我说真的，不是开玩笑。"

"还有两个老人。"

外婆所居住的村庄迟早会和她姐姐居住的村庄一样——虽然曾经也有一个村长，也有很多个家庭，也有谈恋爱的年轻人。脏兮兮的孩子们放学回来后在路上打架，打完后回家吃晚饭。村长在人们心目中是有一席之地的，村民们多少都尊敬他，夏天发大水的时候，他会带领村民一起在河里面捕鱼虾。

但大家都走了，像大脑忽然开窍了一样。村长虽然不舍，但也没有阻止人们进步的权力。最后村长自己也走了，反正靠近城区的那块地方，土地也不贵。

而我并不是一个因为这个世界发展得太快而忧国忧民的人。我只是觉得，一个曾经热热闹闹地居住过人类的地方，发生过很多故事的地方，竟然在几年之内就变成了废墟。

我的童年是在那里度过的，但那块地方竟然消失了！

电脑盲

　　我有一个朋友，我在心里很鄙视他，只因为他是个电脑盲。

　　电脑盲同学在网上下载MP3的时候，在歌名处点击"另存为"，结果存下来的都是网页。他将二百多个网页放在他的iPod里听，结果听不了（这是当然的），于是以为是iPod中毒。

　　喜欢道听途说的他以为电脑出了问题，就把电脑从六楼搬到学校门口的维修处维修，结果装了个系统就花了五百多块钱。"电脑盲的钱真好赚！"学校里浑身发臭的电脑维修员一定这么想。

　　后来电脑盲同学还是不会下载MP3，但再也没有拿去修了，五百块可是个大数目。他只能来我这里抱怨抱怨自己的电脑有多不好。

　　每次想起这些事我就感到不能置信。

　　因为对这些基础技术的无能，他上网时专注的地方只好都转移到网上的娱乐八卦上。他每天给我讲娱乐圈里的八卦，就好像只有他的浏览器才会出现"头条新闻"。

　　不过，正因为在网络方面他宛如处男，所以对网络产生的快感高于其他人。

有一次他准备下载一首叫做《花样年华》的歌，不小心把同名电影给下载了。他像发现公鸡下蛋一样跑到我的宿舍喊我过去看。他说他很感激互联网给他带来的一切，还说"租一部这样的片子都要一块钱呢！我等于买了一张DVD，免费得到十块钱！"

"但这个文件的大小看起来就不像一首歌啊，你下载的时候没有注意到吗？"我问他。

每当这个时候，他宁愿听不懂我在讲什么，继续沉浸在自己小小的喜悦里。

过了一阵子，要上摄影课。他买了个相机，装在袋子里像块宝从来不使用。以前骂人家非主流从上往下俯视着拍照，买了相机后我瞧见他校内相册里也有很多他从上往下的俯视照。

他疯狂地爱上了摄影，一个人跑到学校附近的山上拍了一整天，一共拍了五百多张石头和树木。在我们看来不成器的花花草草，在他眼中每一张都有独特的意境，很多模糊和失焦的照片他也不删，他将其称之为"随意美"。

接着，他把这些照片交给摄影老师去参加摄影比赛。

有谁知道这个世界还有一种比赛叫做"摄影比赛"呢？！所以在这种侥幸的情况下他获得了优秀奖。这个奖励使他更加爱摄影了，以致公然在学校招募人体模特！

在我们对他这种令人发指的行为感到不解的同时，居然发现报名者甚多！而且男的比女的还多，都是体育学院和舞蹈学院的！我们从不知道这个世道原来是这样的，怪不得日本人永远有用不完的素材，看来不仅仅是工作人员的口才，真正动摇的是那些人的心。

他选了所有报名者里身材最优秀的一个女生，择夜对她进行了拍照。女生拍完照后穿好衣服就走，没问那些照片何去何从，也没问摄影师到底姓不姓陈。

最后的最后，他拿这些照片交了摄影课的作业，竟然得了全班唯一的一个优秀！摄影课的老师简直让我们失望透顶。我的那份作业好歹是历年来的自拍精选，竟然只打了个"中"！

不管电脑盲同学是真傻还是故意为之，我们都忌妒得咬牙切齿。其实摄影比赛得"优秀奖"和作业得"优"都无所谓，最让人忌妒的还是他恬不知耻的"人体艺术"。

话题绕回来，现在音乐试听网站成了主流的听歌方式。网站里几乎什么音乐都有，并且还能以用户试听过的音乐类型进行推荐，因为歌曲都是出版方授权过的，所以音质和完整度都有保证。

说不定过两年，走在路上也能在线听歌了，4G、32G、64G统统滚到一边，我们会幸运地越过"下载"时代直接来到"试听"时代。

我想未来的电脑世界肯定会渐渐由繁变简，什么代码、格式这些令电脑盲们望而却步的词将渐渐淡化，一切将会越来越方便，电脑盲的春天已经快到了。

运动会上

4月中，附近的小学开运动会了，广播里面每天播《运动员进行曲》，和几十年前一样地不厌其烦，也不重新编曲。我想在有新的音乐形态出现之前，应该会一直播下去的，古时候的运动会就没有这种难听的音乐。

我很不喜欢运动会，原因是恐惧被"比较"，人和人在赛场上比，几千双眼睛盯着，输了的实在丢脸。小时候是这么想的，长大后脸皮虽然比较厚，但依旧这么认为。

初中时，学校在春光旖旎时举办运动会，花瓣和树叶被风从树枝上吹下来，落到人的头发和肩膀上。我被迫处在这种嘈杂的环境里看比赛，但大家都在看，我总不能去教室里坐着看书，再说，比起看书，我宁愿待在嘈杂的环境里什么也不做。

"老师！下一轮就是长跑比赛了，我们班缺一个长跑的男生！"扎着辫子的女胖班干部一边喊着，一边一路小跑过来，还没发育完整的乳房一甩一甩的。

班主任都看呆了。

班主任四处张望，我们也跟着四处张望，发现班上的男生都不见了，估计是到厕所抽烟去了，或者一听说缺人，便都藏了起来。

"那你去吧。"班主任对我说。

"我？"我不敢置信，"我才不去，我根本跑不了。"

"叫你去你就去，不要像个女人。"班主任说。他歧视了女人，旁边的女生却无动于衷地坐着，我只能对她们摇头叹气，"哼！"

我被几个人押到了赛场上，眼前是空荡荡的跑道。我问吹口哨的："请问要跑几圈？"

"三圈半。"

旁边几个选手也到齐了，一个个都是为剧烈运动而生的模样。即使输了，羞耻感应该也不会困扰他们特别长的时间。

"预备——跑！"

我发现我跑步的时候，总喜欢想各种各样的事情，包括从昨天去超市买东西时不太高兴到今天下午吃什么……同时身体却在那里机械地运动着，此时，我的脑袋和身体是分开的。

跑到观众席附近时，我听见班上的同学在为我加油，"人妖，加油！人妖，加油！""娘娘腔，快跑！""啊哈哈哈……"大家笑作一团。

跑完后，班主任对我说："辛苦你了，不要在意他们刚才喊的。"

"你根本就是故意的。"我说。刚才他们喊的时候，他也并没有出面阻止。

几天后，一个男生过来对我说："你知道吗？当时我也跟着喊了，不过，经过这几天仔细观察，我发现你只是长得像女生，但行为和动作都不像。你不像Way，Way虽然长得不像女生，但他的行为动作和女生一样……那样更可怕，不是吗？"

这个同学所说的Way就是王男。王男是我当时的好朋友，他是个妖精这一点毋庸置疑，只是我不知道这位同学到底在解释些什么，以及为什么解释，因为事情过去后我好像根本不介意，我起初也以为自己会介意。

就像现在，我也根本不介意某些评论一样。

04

UREY

● 处女心

COLD BED CONFESSIONAL

COLD BE

过气了

过气听起来比过期可怕，说一个东西过期，是在描述无法改变的现实，不带任何感情色彩地放弃它就行；说一个东西过气，包含着时间历史、个人看法，并且还带着歧视。

2001年刘露西和李杰米第一次见面，是在两排又高又古老的榕树边。

榕树下有树荫，在树荫里站着很凉快，但他们一班人穿着军训服正在9月的太阳下立正。休息的时候，汗流浃背的李杰米喝着纯净水，告诉刘露西他喜欢听M的歌。

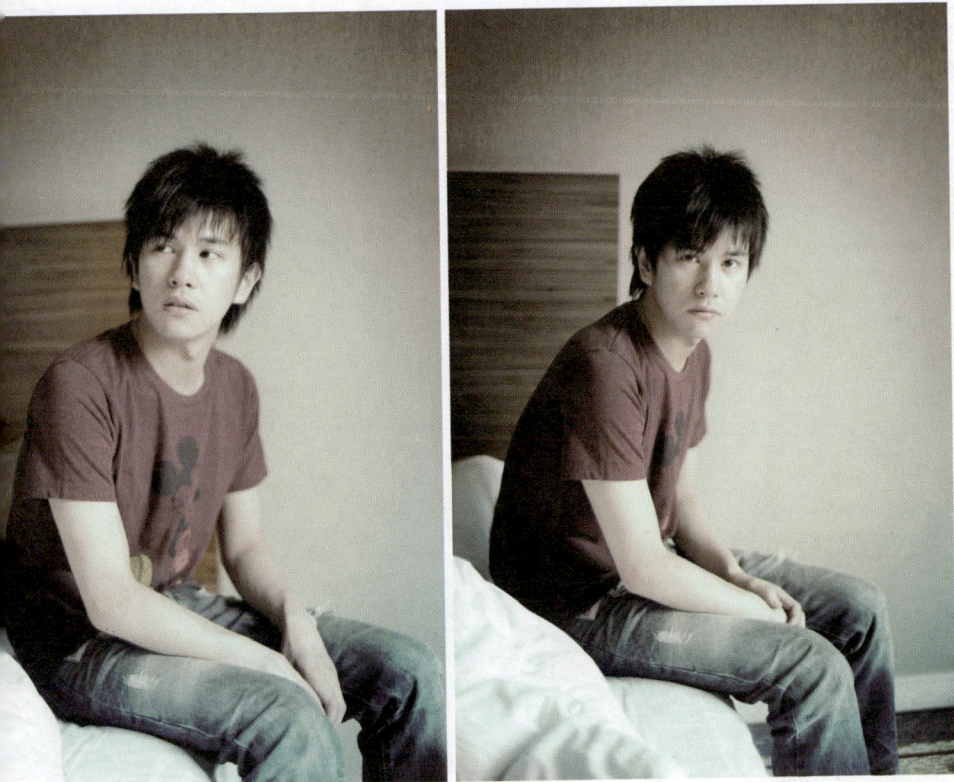

　　他们在一起之后，李杰米让刘露西也去听M的歌，但刘露西有自己喜欢的音乐，它们在家里的磁带和CD里。

　　那个时候大家竟然都不听CD。

　　他俩的恋爱关系没多少人知道，也许刘露西是比较幸福的那一方，她总爱隐隐约约地对别人透露。

　　可悲的是，刘露西这人没谈过恋爱，却总爱使一些情感戏里的招术。在一起几个月后的一天，两人为了很幼稚的事情吵架，然后说分开就分开了。

    分手的地点是在他们高中的门口，刘露西因为李杰米一句话不对，一赌气转身就走。李杰米开始没有追她，她走得有点儿远了才开始追，她感觉到他在追了，立刻上了一辆的士，司机从后视镜看到李杰米正在追过来，于是犹豫着要不要启动，刘露西小声对司机说："快点儿开！"

    躺在床上，刘露西觉得自己亏。李杰米初中喜欢过一个女生，人家和他发生关系后又回到了男朋友身边，直到现在，他对那个女生的感觉还是很强烈，还常拿她和刘露西进行对比。

    "为什么我要和一个不认识的女生比？"

　　而当李杰米常常提起自己最喜欢的歌手M时，刘露西说："你能不能不要再说她了？说说我们两人的事吧！我们之间存在很多问题！"

　　李杰米叹了一口气，说："那你说吧，看看我们之间到底存在什么问题。"

　　刘露西说："我觉得你没刚认识时那么喜欢我了。"

　　李杰米依旧一副"你真婆妈，这种事有什么好讨论"的无奈表情。

　　刘露西认为他心虚，因为事实就是如此。而且刘露西在意的是，自己全套的第一次都给了李杰米，他不该是这种态度！

　　李杰米在班上是个好学生，加上他又是从大城市里转学过来的，所以总有人过来稀罕他。

"学长学姐们同他站在班级的门口聊天,好像聊着很多好玩的事儿呢!"

"同学们都围着他,不知道有什么好看的?"

刘露西认为只有自己才知道他最真实的面目,但她又不能到处去散布他的虚伪。所以她表面上静静的,心里觉得如果他死了,自己一定会感到快乐。

班主任是个三十岁的男人,从乡下的学校调过来的,他喜欢在下课前几分钟让学生起来唱歌。李杰米被点起来的时候唱M的歌。

M的声音尖,且尾音颤抖,李杰米认真地模仿着。刘露西趴在课桌上,看着教科书上的字和画,听得心里很不舒服。

陈志志是刘露西的同桌,他小声对刘露西说:"他唱女人的歌,真是受不了。"

下课后有女生去找李杰米借M的磁带,刘露西看着那群渺小的女人,不禁怀疑:借来借去会好听吗? 一点儿信仰也没有。

班上谣言说陈志志和刘露西在一起,李杰米一脸不吃醋的表情。又传李杰米和某个女生准备在一起,刘露西也完全不相信,李杰米是最最挑剔外表的。

刘露西和李杰米有一次搭上了话,这是两人半年多以来第一次有对白,于是两人准备好好当普通朋友,这样彼此稍微会好过一些。

M在这个时候出了新专辑,李杰米买回来在班上传播,说专辑销量一千万。刘露西很不愿听,却被迫听到了几首,学校广播、班级的录音机有时也会放,逃也逃不过。

刘露西对M怎么也喜欢不起来。

当时有几首通俗歌曲更受同学欢迎,所以M的音乐也没有想象中伟大。对M无所谓的大部分人过着安逸的日子,喜欢M的少数人坚持把她当做支柱,像教徒般虔诚。

但他们将M的磁带借来借去,无论如何都不去买一张。

"哪怕是盗版也好啊。"刘露西嘲笑着,想起了家里的几百张碟片和几十盘磁带。

刘露西和几个死党一起聊天,聊到各自的偶像,昌琴的偶像是Sammi,唐欣的偶像是Vicky。有个性格开朗的死党和刘露西喜欢同一个歌手——U,U活泼可爱,但当时网络不太普及,她们不知道U的歌好些其实都是翻唱的。

刘露西又说自己其实最爱W987,开朗的死党却说对W987喜欢不起来。

死党接着又说:"我还喜欢M。"

对音乐稍有爱好的，起码都不会对M的音乐感到讨厌，刘露西想着，自己难道在忌妒一个歌手吗？想和M比分量？刘露西觉得，除了父母和暗恋自己的陈志志，在其他人心中，自己肯定是比不过M的，即使M可能是个坏女人，她却对这个世界有着贡献。

越想就越讨厌M了。

班上那几个喜欢M的人，也被刘露西悄悄归为讨厌的一类人。

还好班主任常叮嘱："学生最主要的是学习，其他杂七杂八的少去想。"

刘露西释怀了一些：偶像八卦引起的情绪应该是短暂性的，它在所有其他事情所引起的情绪面前很不值得一提。

毕业之前，刘露西和性格开朗的死党又聊音乐。性格开朗的死党，人的确很好。

"我听了W987的新歌，很不错！"她说，"以前之所以不喜欢W987，是因为我阿姨——就是我爸爸现在的那个，长得太像她了，我总会联想起来，现在我释怀了。"

刘露西大学毕业了，然后投入到工作中。有喜欢M的男孩子追过她，她觉得他们都有些奇怪，怕到了KTV，他们都和李杰米一样学M唱歌，但最怕的还是他们被歌词所影响的性格，所以对他们敬而远之。

中间交过三个男朋友，有高有矮，有一个喜欢欧美音乐，有一个喜欢日本音乐，但几个人共同的特征是都对M不感冒。

他们都是她珍藏的美好回忆，唯独横竖纠缠了高中三年的李杰米不是美好的——因此在记忆里他又成了特别的。

但刘露西如释重负。和李杰米在一起的日子，她一直是被歧视的那一方，且自己的缺点在那段日子全被李杰米看到，当时自己是多么可怕的一个女生啊。现在也并没有变多少，只是学会了将丑陋的性格都隐藏起来。

不知道李杰米现在身在何方，他们刻意不联系，MSN、QQ、手机号上都没有对方，这种坚持会直到老死。

也许会有想通的那一天——但只要M存在，似乎就会想不通。

还好，M再也没出过专辑，"她过气了"，报道上都这么写。身边有一个喜欢过M的朋友，也说自己已经不再喜欢。

M过气了，李杰米顺便也被挂上了过气的标签。这个标签是刘露西幻想的，贴得李杰米浑身都是。

刘露西的现状是：用iPod听着W987的新歌，并和那"虚无"一直僵持着，她知道自己像个偏激的精神病患者，但她也不知道自己哪一天会完全放下。

女王心

她沉思了，沉思了好几分钟都不自觉。她低着头，表情和神态就像是抒情歌MV里的女主角。

昨天朋友小A给她安排了一场见面会，事前，朋友在电话里对她说："那人是个健身教练，一米九的身高，很喜欢像你这样清秀小巧的女生。"

清秀小巧的女生？

拜托。

她也不知道自己从何时开始变"怪"的，自己明明是在父母的呵护下健康成长，和同学看的也是一样的小说、偶像剧。
难道自己只吸收了比较"怪"的一部分？
而一个人一旦拥有了"怪"，相对平凡的形容词诸如"乖巧""天真""单纯"等，在她身上是看不到的，而自己也不愿意向那些平凡的词靠拢，看起来就真的是奇怪的人了。

所以，当朋友说自己清秀和小巧的时候，她扪心自问了好久，认为这是和自己非常不相符的两个词。

和朋友介绍的帅哥在KTV里见的面，他并不是那么帅，却像一只狗熊一样可爱。

对方深情地唱了五首陈奕迅的歌，她在原有六十分的基础上又加了二十分。

只是，自己在这边尽情地打分，还不知道对方是怎么想的呢。

KTV包厢里，认识和不认识的朋友总共十二个，有好几个非主流，其中有一个十六岁的小女生，戴着黑框眼镜，脸又白又瘦，非常可爱，她竟然看得目不转睛。

她想："为什么同是女人，我就无法走这样的路线？男生应该更爱这种了！"

"我觉得你很好，你呢？"他凑了过来，对她说。

"我也觉得你很好。"她说。于是心里稍微有了一些安全感，嘴角渐渐露出了得意的笑意，也不和旁边的人争着当麦霸了。

这时候朋友小B凑了过来，悄悄地跟她说："这种货色你也准备收吗？"

她意外地问："他哪里不好？"

朋友小B用一脸不解的表情看了她一会儿，又说："笨笨的，像个傻子一样！虽然是健身教练，但哪有这么肉感的健身教练啊！"

她说："我觉得很可爱啦。"同时想起了曾经看过的一句话，"结过婚的女性对男人啤酒肚的接受度，比未结婚的女性要高。"

她想："难道我已经算是个结过婚的人了？"

唱完歌去吃宵夜的时候，朋友小B又凑过来："你今晚不会跟他回家吧？"

"我问过他了，他说他不想这么快，要慢慢来。"

"天哪！现在还有'慢慢来'的男人？不会是借口吧？"小B说。

"唉，人与人不同啦，说不定他就是这种人。"她自己也不能肯定。

晚上回家之后，帅哥打了个电话过来，他说："明天联系哦。"

但第二天她等了一整天，他都没有联系她。

他应该还在睡觉吧？

过了两个多小时，她决定打个电话过去。

但他的电话正在通话中。

她皱着眉头想："他醒了？但为什么不是和我通话？"

这个时候电话响了，是朋友小B的。

"你们怎么样啦？"小B问。

"没怎么，昨天各自回各家，然后就没联系了。"

"啊？不过也好，那种人有什么好的，倒贴我，我都不要。"小B继续说，"我要告诉你一件事哦，昨晚你不是打的回家了吗？你还记得一起唱歌的那个十六岁的小女生吗？"

她想了一下，记起是谁了，昨晚自己还一直盯着人家看呢。

"她和我顺路。她昨晚在的士上告诉我那个健身教练她也认识，上个星期在一个酒吧里碰到过，他找她要电话号码，但被她拒绝了。"

"……看到美女总归是要试试的咯，我不能因为这件事就认定他人品不好吧？"

"昨天晚上他一晚上都没理那个小女生。后来吃饭的时候还对着人家小女生翻白眼，可能你没看到？估计还在为给电话号码的事赌气呢！这种男人还是算了吧，你到底怎么了你，你是有多想谈恋爱啊？改天我介绍另一个人给你，我已经联系好了……"

挂了电话后，她看了看时间，直到现在已经下午3点了，他还没有打电话过来。她拿起手机打了个电话过去，她只是想知道他到底是怎么想的。

他接了。

她说："我们还是算了吧，好吗？"
他说："好吧！"
"吧"字还没说完他就挂了电话。
她的手机上显示整个通话过程才不过三秒钟。

于是，她低着头沉思着，一下子陷进去了："以往的自己喜欢的不是大眼睛、瘦瘦的、可爱的、像漫画里面的王子的男生么，几时对这种五大三粗的熊类正眼过？而自己不是一直想找个有共同话题的么？一个健身教练和自己又会有什么共同话题？"

她只是想继续相信这个世上还有爱情和奇迹，而有时候对爱情的相信需要一种"盲目"，事实却否定了一切。

她只能用一个词来形容自己了：饥不择食。

她继续沉思着，内容由浅到深，现在思考的是："我俨然是一个大龄女青年了！"于是伤感了起来。

其实无关年龄的事啦，到底有多大呢，也才二十七八岁，人家潘迎紫快七十岁了还在节目上谈自己交男朋友的事呢！

黑暗中热舞的姐妹花

阿霞与阿莲搬到一起住后，发现彼此非常志同道合：酷爱动感音乐，而且听的同时会跟随节奏扭动。

阿霞的房间很大，中间有一大片空着的地方是用来跳舞的。她们关上窗户，拉上窗帘，关上门，关上灯，再关掉电脑显示屏，在房间的空地上狂舞。

阿莲的动作很有画面感，她会模仿歌手在表演一首歌时的表情和动作，比如碧昂斯、夏奇拉、珍妮弗·洛佩兹在MV或者演唱会时的跳舞动作。如果是没听过的歌，她会不知道怎么跳舞。阿霞只是轻微地摆动身体，有时又在地板上疯玩大动作。

每次结束，阿莲都会说："我们跳得这么劲爆，也没人给我们钱啊！"

她们家楼下住着一个七十岁的老人。

某天下午，阿霞三个月大的小猫掉到楼下的院子里了，阿霞去楼下敲门。戴着眼镜，杵着拐杖的老先生为她开门，放她进去找猫。

晚上，阿霞对阿莲说："原来我的房间底下是楼下的客厅。"

于是两个人更加肆无忌惮地在家跳舞了，把音乐声开到最大。

有一天阿莲下班回家，问阿霞今天要不要跳。

阿霞说："不了吧，以后都不要跳了。"

阿莲说："为什么？有什么不好吗？可以减肥啊。"

阿霞说："最后肚子上的肥肉只会越甩越多。里面的内脏可能都跳得错位了，这是很不健康的。"

过了一会儿阿霞又说："我觉得再这样子下去，我们是嫁不出去的，我们已经二十六岁了，天天嚷嚷着男人没眼光。如果我是男人，绝对不会娶一个在黑暗中跳舞的女人。"

在心底的默默回应

少女的生命里出现了一位三十多岁且不美貌的王子，少女犹豫了好久，最终才决定与他在一起。

躺在皇宫的沙发上，两个人紧紧地相拥，少女像一只猫蜷缩在王子的怀里，享受着王子的爱抚。

王子说："我每一段恋爱，都有一年半载的。"

王子又说："结束之后，她们都觉得我很不错，现在大家都还是朋友。"

王子又说："我好像太啰唆了，其实，话也不能说在前头，承诺听起来是很虚假的，不是吗？"

少女闭着眼睛，听着王子的念叨。在大脑里她把王子的话分析到一半，就停止了，因为每句话的对立面似乎都是"现实"。

她已经二十五岁了，不知道还能不能称为少女。但她依旧将自己定位为少女，将自己遇到的那个人定位为王子。

她不愿意听王子讲这些，但她又明白，王子如果不讲这些，不相干的两个人莫名发生的感情里好像没什么事可以讲的。

也许王子只是在解释自己是一个长情、善良、成熟的人，让她放一百二十个心。也许王子只是想对她有个交代——总比没有交代的感觉好一些。

少女只想和王子好好地在一起，

即使王子已经结婚了。

王子的夫人住在遥远的国度，她在那边有自己的情人——这段婚姻本来就是各自的父母促成的。

少女回家后，坐在自己的房间里，又走向窗户边，她看着蔚蓝而平静的天空，心里还是不安。她不知道王子什么时候再会骑着马来找她，王子唯一留下的只有那些说过的话。

"谢谢你的解释，我们都知道长久的爱情未必是美好的。只希望我们能在顺其自然的爱情里，努力地去在一起。"

她在心底默默回应。

是的，从任何角度，她都是一个弱者的姿态。她认为自己没有发言权，面对王子的诺言，能做到的只是在心底默默回应。

但王子再也没有出现在她平凡的生命中。

少女想："难道他对自己不够自信？其实他并不需要自卑啊，我很爱他。"

少女又想："难道他认为我不够爱他吗？其实不是啊！"

少女一遍又一遍地在心里默默回应着。

少女年老了，已经五十多岁，她还会想起那段最终没有开始的恋爱。她很后悔自己的愚昧让自己的一切都在默默中进行，善意却让她将发言权都给了一位表里不一的人。

蔷斯和俪鸥

穿着贵气，妆容带着冷艳，其实却很年轻的西太后（可能是觉得这称呼很有神韵，所以借过来用用）在后花园里散步，身后跟着两个长得好看的人：一个漂亮的男人，浓眉大眼，赤裸着上身，有两块整齐的胸肌；女的清秀、单纯，普普通通的丫鬟打扮。

这时，花园的上空飞过一个女妖。

——蔷斯对这个女妖的设定是：她必须得是吸收男人的阳气才能存活下去的漂亮女妖，如果不吸收阳气，她就变回丑陋的原形。

西太后看到女妖从自己的头顶上飞过，感到非常不满（可能是觉得自己没有受到尊重？但蔷斯才十岁，内容可能并没深入到"尊重不尊重"的问题；应该是出于占有欲、权力展示欲——这些"欲"是一种天性，而尊重却是需要后天教导），便想降服她。

于是，西太后让男人在花园小便——虽然情节有一点儿离谱，但蔷斯的确是这么画的。

正在天上飞的女妖听见了男人的"嘘嘘"声——她飞得是有多低？就当她具备顺风耳的神功吧！

她春心萌动地想："这个男子的阳气一定很重！"

于是降落到了西太后的花园里。

西太后随手拿出一把闪闪发光的尚方宝剑，女妖见状也拿出一把剑，于是两人开始斗剑。一边斗剑，一边斗法，一时间花园里电光石火。

西太后是主演——西太后是人类，尽管是武功高强、具有法术的人类，但她毕竟还是人类一个，所以，年轻却冷艳的西太后距离蔷斯的梦想近一些。

所以西太后赢了。

大概画到这里，蔷斯的手已经很酸了，又或者妈妈做好了晚饭，正在厨房呼唤她。于是蔷斯给了一个大结局：西太后战胜了女妖，却没有杀死女妖，和女妖做起了姐妹，一起（幸福地？）生活在了皇宫里。大结局的那幅画里，西太后和女妖站在中间，左右两边是浓眉大眼的男人和清秀的丫鬟。

同一天，在天寒地冻的北方，另一个和蔷斯年纪差不多大的女孩俪鸥也画了一个神话故事。

美丽的皇后在皇宫里偷偷地养了两个女妖精，至于是什么品种的妖精（蛇精？蜘蛛精？）尚未说明，只知道她们各有各的美丽，并且有着不大不小的法术。仗着皇后的势力，在世间作威作福。

皇后让她们去抓谁，她们就去抓谁。皇后让她们抓一个憨厚的男人，其中一个小妖精发现自己也喜欢他，但是她仍然将他给了皇后，并只好默默地祝福他们，以后的日子，她站在他们的身后，守护着他们的爱情。

故事到这里就结束了，俪鸥深深地叹了一口气，她将自己定位为那个爱上憨厚男人的小妖精——心中既不舍，却又圆满，她喜欢陷在这样的情怀里。

就像一部电影里，那个戏份不太少、将心爱的男人忍痛让给了女一号、最后功德圆满的女二号便是自己。

十几年后，蔷斯和俪鸥相遇，一位是野心十足的生意家，另一位是为了讨老板开心，日夜不停加班的上班族。

女儿

"用温热的胸肌铺成的床，用毛茸茸的腹肌铸成的抱枕，我愿迷失在他的体味之中！"

她幻想着。下一秒却变成了"妈的！我需要一个口罩！"

她步行在沙尘滚滚的街上，快速路过的一个宅男身上发出的宅气源，差一点儿令她窒息。

"这简直是梦想与现实的残酷对比！"

现在已经九点多钟了，没时间打理所以蓬头垢面的她已经迟到。

她对上课不再有兴趣，她厌烦了学校的那一套，越来越厌烦，她认为自己已经是在浪费时间了。

昨晚，妈妈和老同学聊天，有几句对白深深地伤害到了她，仿佛她是一棵废柴。

"天哪，我也好想有这样的女儿。"妈妈对电话那端的人这么说。这是让她印象最深刻的一句话。

"呸！完全是无稽之谈！她那个是什么学校，而我这个是什么狗屁学校呢？那种学校交多少钱学费，而这种学校又是交多少钱的学费呢？"她一边快步走着，一边想。

进了地铁站，上了地铁，她扶着钢管。

地铁的门上有窗户镜，她看到自己身后站着一个长得不错的男生。

"咦？"

这令她稍微清醒了一些，她移了移位置，换了个更合适的角度。

"嗯……"

她目不转睛地看着，心里并没有想什么具体的事，但眼睛此刻就是离不开。

他单眼皮，眼睛不大，长得也不白，厚嘴唇。但是鼻子挺，有着干净的短发，合体的衣衫透露出他的好身材，然后鞋子是淡蓝色的牛皮，袜子是黑色的。

不甘于一直看镜像，她又转过头来，像是漫不经心地，不巧两个人正好四目相对。

"Oh，my Lady Gaga！"

她从床上带到地铁上的睡意一瞬间全部消散了。

"早知道，我就打扮了再出门了！也不对，打扮了就赶不上这班地铁了——所以，这都是缘分啊！缘分！"

今天怎么遇到这样的极品？

这人在小女生眼里可能并不算极品，但她这个年纪，二十三四五六七八岁，正从幻想过渡到现实的年纪，爱的正是他这种平凡正直的货色！

他也看了她。

她将手中的钢管又握紧了一些，手汗溢了出来，心里的小鹿乱撞，另一只提着手袋的手也出了汗。

她吞了吞口水——她就是这么无耻。但只有她明白这样无耻的自己，如果有上帝，上帝也明白，这种事在她身上发生的次数实在是太多了，上帝朝地上看一眼，就能看到有一位女生，常常在人群里呆呆地站着，看看街上有没有帅哥。

关键是，他也有看她啊！

地铁到站了，他和她同一站下，她跟在他后面走着，忽然一个拐弯，他往换乘5号线的方向走去——而她往2号线地铁的方向！

她站在原地看着他离去的背影。

这种依依不舍之情，在外公离去的那一天也不曾有过。

"我是无耻的，但汹涌的人潮并不知道我在看些什么。"她这么想，"不然也不会这么无耻了。"

她往2号地铁的方向走去，不安的背影，渐渐消失在喧哗的人群中。

这个时候，她真是一只可怜的败犬。

电话这边的中年女人，正和她的老同学坐着喝咖啡，她看了看手表，那件事情应该已经进行完了吧，她很不安。

老同学安慰道："放心吧，你女儿这个星期都将会很有精神了！"

吃树叶

有一个偏远的国度，那里的居民是吃树叶的。

动物他们不吃，因为动物有生命。割动物脖子的时候动物会感到非常痛苦，和人被刀割时的感觉一样，这个国度的人认为：一个生命不该受这种罪。

蔬菜也不吃，白菜、胡萝卜等统统不吃。这个国度的植物学家认为，当这些蔬菜被连根拔起的时候，植物会渐渐干涸，就似人被切断脖子时血会快速流干。

他们会选择吃豆类的蔬菜，因为豆子成熟后自然落地，不会致使植物死亡。

他们普遍吃树叶，最新鲜的食物是刚从树上掉下来的叶子。每一种树都会掉叶子，而不同的树，叶子会有不同的营养，例如槐树叶含有丰富的蛋白质，松树叶含有钙与维生素。

也可以不必等树叶掉下来就直接去摘，但不能大面积地采摘，因为要以不致树死为前提。对树而言，叶子吸收了树干大部分营养，只要不过度地采集，是有益于树的。因此，树叶被制造成了各种口味的菜、零食。

虽然这个国家的人不吃动物，但还是有养鸡场。吃鸡蛋不被阻止，和树叶一样的道理，只要以不伤害生命为前提。他们也养狗、兔子，但从不用来吃，而是当做宠物。

这地方没有猪，猪每天只是吃东西与睡觉，没人愿意把它们当做宠物。难以想象它们除了吃，还能够做别的什么。为了杜绝屠杀生灵的想法，这个国度禁止养猪，猪都绝种了。

曾经有位懒汉拔了一棵装饰用的白菜，致使白菜的水分全部流失，叶子发黄。白菜经抢救无效后，这位懒汉得到了相应的惩罚：他的血被医生抽光，等他体验到了身体失去血液的无力感，科学家又给他输回血液。镜头前，他说："我体会到了那棵白菜的感受，我将再也不会伤害任何植物！"

有位悍妇吃掉了邻居饲养的母鸡的鸡腿，致使母鸡成了残疾，这位悍妇赔偿了相应的精神损失费，并遭到了二十天的刑事拘留。

很多年后，考古学家在他们的土地底下发现了猪化石。

不受伤

母亲常常嘱咐孩子："注意安全，不要受伤！"其实孩子的伤都在心里。对于一个活生生的人，身体上的伤是一种伤，感情上的伤也是一种伤。

从来不打架，从来不流血，从来不出车祸的孩子，也许心里头有一条血河。因为母亲可能从不知道，一个表面害羞、笑容腼腆、穿着得体的帅哥，在爱情世界里有可能是拿着枪乱射的人。

感情上受伤对于一个人的影响非常大，就像得病一样，影响到人的心情与工作，影响到人和人的关系。又和生病一样，痊愈的时间有短有长。有些脆弱的人会说自己将用一生来治疗这段心痛，也许是因为他的心根本不在原位了吧。

人们大多是在自己的生命里渐渐学会了躲避、防备与看开，企图让自己少受一点点伤，但这样也就意味着自己失去了很多相爱的机会。没有爱情的人生空虚无聊，人间如果没有爱人人都丑陋。

爱情课程不是教人如何去博爱，而是先教人拥有爱情的道德感，如何做到尽善尽美，不互相伤害，在爱情的世界里，有些人的思想需要更新换代，而有些人是有必要去劳改的。

当你对待爱像对待祖国一样敞开心怀，没有忌妒心；当你知道自己想要的与适合的是哪一种爱，变得色彩分明，不再像无头苍蝇满场飞；当你明白怎样才能安安全全地活着——整个地球将没有爱的犯罪、没有爱的负担。

母亲也将不再担心你。

她不是你

也许是时候找个心理医生治疗你的幻想症了。

你知道吗？她（他）不是你，她只是个演员。你活在现实中，你的生活与电影相差甚远，你没去过巴黎。

她演的也不是你，她演了很多角色，你不能把每一个角色都占为己有，当你谈论起你与这些角色如何相似的时候，听众会认为你侮辱了这些角色，有的听众甚至觉得你污染了整个电影。同时，你永远对你犯下的罪名不知情：抹杀了他人生命中的美丽，你知道得到一份"美丽"有多难吗？当人们准备回忆"美丽"的时候，发现同时也想起了你，人们将不敢再去回忆。

她的本人也不是你，她是她自己，她每天要去厕所排泄，还会坐在床上剪脚指甲，甚至和你一样，脱掉内衣特别是袜子的时候还会拿起来闻一闻，这个时候，你勉强可以说你像她，但你不会，你只愿看到你想看到的部分，只愿得到你想得到的。

没有这么好的事。

其他电影里的角色也不是你，他们是编剧和小说家们捏造的；如果是个真实的故事，那也是人家的事。有种你给自己拍个自传视频，发到网上去，但那一定是被你美化过的，你最好不要在镜头前做作。

你为何看到的尽是自己？你为何从不静下心来去欣赏别人呢？

你知道你到底是谁吗？请去离你最近的那个洗手间，镜子里面的那个人就是答案。

仙女下凡（被忽视）

　　蓝姿在QQ上的"好友印象"是：公主、气宇不凡、吐气若兰、高雅。

　　这些词放在她身上，跟人们看到婴儿都会说"好可爱！"一样没有惊喜。

　　她长得又不丑，却从来没交过男朋友。她病了喝中药，长痘痘时用中药美容，每天打坐一到半个小时，睡觉之前坚持用热水泡脚。

　　她的QQ签名档，是类似"三月飞絮，渡红尘，尚风悦，妙雨灵，一曲东风白云清"这样的句子。她越这样写，越像是对自己"欲火焚身"的欲盖弥彰。

　　她悄然来到上海这个城市，安家落户之后，摆好姿态等着男人来管理她，可惜并没有男人知道她的存在。她又住在风景秀丽的郊区，用仙女形容她，真是恰到好处。

　　她去"90后"的论坛偷看非主流男生的图片，把那些人的照片截图给我，问："这些男人为什么都像女人，你说他们到底正常吗？"

　　我说："你需要man，不代表他就非得man给你看，他没有义务满足缺乏雄性关爱的你，他有自己的人生。你不如先看看自己man不man吧！"

　　"哼！"

　　被我说中了。

她的这些行为和她的外表是格格不入的，她的眼神是幽怨的，嘴唇总是刻意地抿着，是一位华丽典雅的奔三女性，常穿各种灰黑色的呢子大衣。

　　过了两天她却又跑过去看那些人的照片，并截图给我，我也不知道怎么回她才是适当的。

　　说"啊！好帅！"她会以为我在羡慕。

　　说"丑死了"她会以为我在忌妒。

　　她对那些人妥协了又驾驭，驾驭了又诋毁，诋毁之后又妥协，反复循环，从没得到过什么，还好她也不计较，这一点和仙女又非常像。但一个人半人半仙不如半人半妖活得畅快倒是真的。

　　我说："你觊觎那些人，又不敢融入其中，你不如也去学非主流打扮。"

　　"我是仙女！哼！"

　　"大家都喜欢庸脂俗粉。"

　　"仙女就这么没有市场？"

　　"可能仙女的形象与'性'相违背？"

　　我劝她去看电视剧《蜗居》，食一点儿人间烟火，但她坚持只看台湾的布袋戏。

　　有一天，我在她的QQ"好友印象"里添加了一句：仙女下凡被忽视。

投机取巧

朋友报名参加了"亲亲团"，全国巡回与人亲嘴，回来后分享照片给大家看。照片上，她在各种背景中与人亲嘴，亲嘴的人各种发色、各种肤色、各种年纪，无一例外都是帅哥。

她说她最近很喜欢金发碧眼的外国人，同时也很想赚钱，于是去给一个外国人当了中文老师，不久后他们竟然恋爱了，她去了英国，在电话里告诉我她的英语水平也飞速提高了。对比她现在的经历，她的出身显得好平凡。

与外国人分手后，她回国了，她说她发现自己抗拒不了强壮的躯体，"也许过了单纯的年纪了吧，我竟然也有这种审美观！"她这么说，于是又改行去当了人体摄影师，每天都与强壮的躯体打交道。

"真是恬不知耻啊，我很鄙视你的所作所为。"有一次我说道，"但是不可否认的是，大家都在羡慕你。"

她昂起头捂住嘴哈哈大笑，手上的手链与脖子上的项链在柔和的灯光下闪闪发光。

将想做的事与正在做的事业完美结合的人实在不多，做得好的就更少了，它需要独到的眼光和不顾一切的勇气，这被认为是一种不被鼓励的投机取巧的行为。

尤里's

尤里找到了宿舍，将行李都提了进去。

宿舍其他三个人都到齐了，尤里扫视了一下她们三个：一个胖子，一个高个儿，还有一个算正常的，尤里多看了她几眼。

同宿舍的胖女孩长得胖，也做到了身为胖子该有的效果——今天是第一次见面，她从刚才到现在一直在给大家讲笑话，一句一个"哏"，逗得尤里心花怒放，尤里决定与胖女孩做朋友，其实受过胖子们"挑拨离间"之害的人都知道，"胖子没心计"是非常错误的观点，他（她）们也是人。

尤里笑着看胖女孩讲笑话，其他两个人也注视着尤里。

高个子的女孩有一米八那么高。

尤里一直恐惧高个子的女孩，她们的性格总与普通女生不同。普通女生的钩心斗角，高个子女生不屑参与，好像用武力便可以解决一切。那些打女子排球的，便一个个都有令人生畏的不羁和洒脱。

特别是戴了近视眼镜的高个子，她们从来不是过于活泼的那一类人。

还是趁大家还戴着面具，好好享受温馨的人际关系吧，等尤里把东西稍微收拾了一下，大家便一起去吃饭了。

下午，尤里回到宿舍的时候只看到张海今。

张海今长得不白，但身材凹凸有致，只是安静地站着，T恤衫里，胸罩的轮廓也比其他人清晰。尤里认为自己如果有这种性感一定就是个完美小姐了，但她从来不愿意锻炼。

张海今对尤里说："我们下去走走吧？"

尤里刚爬上六楼，不想立刻又下去，为难地说："下去哪里？"

"操场上。可以吗？"

"下去做什么？"如果对方其实也不是特别想去，说不定就此作罢。

"聊聊啊，我有好多话想说说。"

好多话想说说？尤里抬起头看着张海今的表情，但张海今的脸上什么暗示也没有，于是就答应了。

操场就在宿舍不远处，将路面暴晒了一整天的太阳此刻正在下山，它红红而缓缓的，彩色的晚霞为它饯行，毫不吝啬地一片又一片，太阳大有锣鼓喧天回巢之势。

还闻得到跑道中央草地的焦味。

学校的道路上到处都是一脸学生相的人，从憨厚的打扮就能看出是学生，艺术系的人也能看出是艺术系的。虽然是学生，但能在大学里上课的几乎都是成年人了，所以那其实是不正常的装纯打扮与懵懂表情。

张海今和尤里聊了一些废话，尤里想不通张海今说这些干吗，但张海今忽然的几句话，又让尤里觉得张海今终于切入了正题，"我不喜欢爱化妆的女孩子，化完妆的女孩子好看么？我不觉得。我也不喜欢女孩子们整天为了男人唧唧喳喳，看到这样的女孩子便会觉得反感。反正我不是这样的。"

尤里有些诧异，散步之余悄悄地观察起张海今来。

张海今的头发不长，很多男孩子的头发也是这么长。

尤里以为张海今接下来要说的是例如："你喜欢和什么样的女生做朋友？"或者是"我比较喜欢和你这样的女孩做朋友。"

不料张海今却说："我觉得高丽就很像这样的人。"

尤里稍微有些失望，但又猜疑，"是不是自己今天看高丽的次数太多了？"于是又想看张海今接下来能不能延续自己刚才的联想。

她问张海今为什么这么认为。

张海今说："高丽今天一直和我聊化妆品的牌子，还说这个学校好看的男生不多。"

尤里点了点头，不安地看着张海今，以为她还想聊些什么，她却说："该是回宿舍的时候了。"

回宿舍后四个人聊天，学校不许大一的新生带电脑，好像除了聊天也不知道干吗。晚上也聊到了很晚，除了高丽很敢讲，其他三个都有点儿小心翼翼。

尤里躺在床上，似乎没观察出张海今哪里不喜欢高丽了，于是对张海今的人品有点儿不满。

今天在操场上，她也不小心说出"自己和高丽聊过化妆品和学校男生的外表"了——可能张海今和这宿舍里的每个人都有小聊吧。

不知道自己在她那里是怎样的呢！

高丽是本地人，周末放假她请她们去自己家里过夜。

高个子的女生有事要去南京。

尤里问："你去南京干吗呢？"

高个子说："有事儿。"

等三个人独处之后，高丽说高个子是去南京看男朋友。

高丽家所在的小区海拔比其他小区都高，进了小区之后更像是在山上一样安宁。

晚上，尤里和张海今躺在床上，房间的电脑开着。

张海今刚才还说要用电脑，高丽去洗澡了，她却和尤里一起在床上躺着。

房间里安静着，尤里闭着眼睛闻着枕头芯的麦子气味，和张海今聊着这个城市，她们两人都是因为求学第一次来这里。

等话题停止后，张海今说："天气这么热，你还穿着胸罩睡觉。"

说完后，还有意无意地碰了一下尤里的胸。

尤里玩笑般回抓了一下张海今的胸，她一早便发现整个寝室就她的胸大，高丽的虽然也大，但是不能算数。

两个在床上打闹的女生还没想好下一步怎么办，高丽推开房间的门，尤里和张海今看到她浑圆的身体上只穿了一条薄薄的肉色三角裤。

"哎呀！你们两个穿这么多干吗？搞得我很羞涩！"高丽说。

熄灯后，三个人聊着天，高丽睡在尤里和张海今中间。

尤里悄悄地将手放在脸颊旁边，仔细地呼吸了片刻。

她以为自己今晚铁定睡不着，没想到一睁眼天就亮了。

班上有个男生长得很帅气，因为长得黑，穿衣风格又奇特，高丽说他像个中东人。这还是军训后，全班第一次正式见面。尤里问她们三个那个中东人长得怎样，她们都不爱长得黑的男生。尤里悄悄地看了又看，说："越看越觉得像自己高中同学。"

中东人一个人坐着，她们宿舍的四个人坐在一块儿。

高丽又说："长得这么黑，估计屁股也是全黑的。"

过了一会儿，有个学姐过来讲"校园安全注意事项"，举手投足跟男生一样，她的眼睛扫视着在座的所有人，还在她们四个人身上兜了一圈，尤里还想看看她在谁身上停留得最久，结果没看到。

"上个星期，住在二楼的文科班女生宿舍被人扔了烟幕弹，早上醒来后四个人都失了身，初步调查，怀疑是钉子户所为，在此提醒大家睡觉前一定要关紧门窗……"学姐站在讲台上说着。

"失身了学校会赔钱么？"尤里小声问高丽。

"会保研。"

"保研是什么？"

"保送研究生。"

过了几天，中东人在教室里还是一个人坐着，尤里坐过去和他聊天，两个人聊了整整两节课。

下课后大家就开始讲中东人和尤里的闲话，尤里说只是觉得中东人看起来太孤单。

"她越来越胖了。"

中东人在杭州有个女朋友，每个周末他都会去一趟杭州，回来后跟尤里讲述在杭州的事情。

"但我却发现胖胖的也很可爱。"

尤里"呵呵"地附和着，并不太忌妒。

有一天在食堂吃饭，高丽和高个子问尤里和中东人怎样了。她们三个聊着，只有海今好像对这事儿不太感兴趣。

尤里觉得自己有点儿愧对海今，不仅仅是因为自己刚进班，话题性就比她多出一截，好歹海今平时也挺爱美的。班上有个叫李泽的是她喜欢的类型，不料那人一直对她冷淡。

接下来的日子，尤里便对海今有一点儿小心翼翼的，话也不敢乱讲。

而海今发现尤里带着"安慰"与"怜悯"与自己在交往，对尤里也不满了起来。

有一次尤里建议海今要用补水的化妆品，海今回道："我的皮肤除了稍微比你黑，其他的应该都比你好吧？"

一句话说得尤里不知道拿什么回应，在一旁的高丽听了哧哧地笑。

尤里常和高丽聊明星八卦和时尚杂志上的东西，海今不爱聊那些，尤里便和高丽大聊特聊，专门说一些外国的，让海今更听不懂。而海今拉着高丽聊游戏，尤里插不上话，有一次说自己小时候最喜欢玩"采蘑菇"，遭到了海今的鄙视。

尤里有一次听海今说高个子和高丽的感情也不太好，因为高个子女生受不了高丽平时讲的那些黄色笑话。

高丽的家虽然在苏州，却是从重庆搬来的，言谈举止都还带着辣味儿。而高个子女生有些事被说中了，会很不开心。

四个人出现了摩擦，还好关系没坏到像隔壁宿舍的，隔壁宿舍的四个女生是其他班的，四个人不聊天也不打招呼。尤里、海今、高丽去隔壁宿舍串门，以为这四个人是内向人，单个相处之后发现每一个都是外向人，其中有一个叫做李可铃的，话多到让人没有还嘴的余地，特别是讲宿舍的其他人时，巴不得烧掉她们的床。

　　"她生病了，就躺在床上指使我们三个人做事。我也不知道她得的是什么病，得睡在床上用针给自己注射，我哪见过这场面啊，末了我还要帮她拿棉签止血，吓死我了！她和朋友讲电话时，就说我们三个联合起来欺负她，后来有电话我们都不帮她接了，让宿舍的电话就那样响着！"李可铃说。

　　"大家都在，却都不接电话……是怎样的冷漠场面啊。"尤里想，暗自庆幸海今比她们正常。

　　有一天，李可铃一脚踢开尤里和海今宿舍的门，插着腰在门口吼："谁说我和上海的有妇之夫有不干净的勾当？让我查出是谁在造谣，和她没完！"

　　过了几秒钟旁边宿舍的门也被一脚踢开，李可铃朝里面说着同样的话。

　　"她天生就长着一副和有妇之夫有染的模样啊，"高丽正在用笔记本电脑上网，学校里不许大一的学生带电脑，但她总是无视所有规定。她说："我觉得她脸上就写了'我和有妇之夫有一腿'这几个字的，怨不得别人怀疑她！她不和有妇之夫在一起，我还觉得不正常呢。"

　　"你丫就不能少说几个字么？"高个子对高丽说道。高个子和李可铃是河北老乡，两人常常一起出去吃饭。

　　"我丫就是不能，怎地？"高丽学着高个子的语气说。

　　于是高个子又跑过来和她打闹，捏脸、抓胸、打屁股之类的，两个人打着打着，高丽说："唉！很疼，啧！我说真的，喂！很疼啦！"

刚才李可铃那么说，尤里以为李可铃是在警告自己。两个月前，李可铃亲口将这件事告诉了尤里，还说那个男的有一个两岁的女儿。

高个子也以为李可铃在说自己，李可铃还与她分享过细节。李可铃敢在高个子面前炫耀细节，是因为觉得她长这么高，这样的故事不可能发生在她的身上。

海今也觉得李可铃在说自己，李可铃和她们班一个男生关系很好。那个男生和海今又是同一个动漫社团的人。

但李可铃却没在自己的宿舍说什么，她在她们宿舍正常得有点儿不正常。

她们宿舍有个女生是辽宁过来的，直来直往的个性，每次李可铃发牢骚，她都不当回事，渐渐地李可铃就怕她了。那个女生是神经粗却重视贞操的那种，在宿舍抽烟，又常喜欢和一群不知道哪里的人出去喝酒，李可铃最害怕这种人。

绿茶小姐眼睛大，短发，是干净明朗的小女孩子。尤里以前从来没注意过她，后来才发现她长得很好看。暑假到了，她们琢磨着在暑假里做点儿什么。李可铃路过尤里宿舍时，看到绿茶小姐和尤里在商量，那画面看起来像就缺她一般，她赶紧补了上去。

三个女生都太顾虑彼此，不大敢各抒己见，虽然聊着聊着便聊开了，但没有一个具体的结果。

"不如我们三个人组个组合，暑假在全国各地的酒吧巡回演出？又可以玩，又能赚到钱。"李可铃说，"我没有在开玩笑的意思。"

等她离开现场后，尤里和绿茶小姐讲了好一阵子她的坏话。

"记得她大一军训的时候还挺正常的。只是有一次，我看到她趁宿舍没人，在阳台那儿对着镜子跳艳舞，扭得哦，恨不得飞到窗户外面去！从此就再对她没有好感了。你难道没有察觉到我从来不和她说话吗？即使我们都是学表演的女生，也没必要骚到这种程度吧！"绿茶小姐说。

看到绿茶小姐这样子描述李可铃，尤里头一次觉得李可铃是个可怜的女人。

但末了自己还是忍不住补上了一枪："她还是学生会的人呢！"

接下来的几天她们三个一起出去吃饭，一起在街上寻觅是否有什么称心工作正缺人。李可铃挨个儿问了运动品牌专卖店，都不缺人。

绿茶小姐发现李可铃开始依赖这个团队了，便和尤里打了声招呼，独自去一家事先约定好的药店打工去了，之前之所以还耗着是觉得和尤里有亲切感。

在十字路口分手的，绿茶小姐走到了马路对面回头看尤里，尤里和李可铃站在阳光下，夏天的风吹得她们头发乱飘。

"现在终于只剩我们两人了，哦也！我们可以尽情地做我们想做的事情了！"

李可铃欢呼，她知道绿茶小姐不喜欢她这样的女生，三个人一起时都是尤里走在中间，两边顾着说话。

尤里听了李可铃的欢呼却有点儿为难起来——怕李可铃真的要组个组合。

尤里和李可铃在一个深夜去了一家烧酒屋，两个人在里面端起盘子来，专门为日本人服务。晚上没有回学校的班车，于是和员工睡一起，两个人挤一张床。

尤里在凌晨被人弄醒，原来是已经睡着的李可铃把手搭到了她的腰上。

有一晚去烧酒屋上班，上楼梯的时候，扫楼梯的阿伯拍了一下李可铃的屁股。

"你妈的你有病啊！"李可铃破口大骂，然后悲从中来般地哭了，尤里抱住她安慰了几句，她像是没听到继续骂着扫楼梯的阿伯。

尤里透过夜晚微弱的灯光，看到扫地的阿伯被李可铃骂时，脸上竟然充满了笑意。尤里在心里感叹自己涉世未深，不知道这世界如此多元化。

李可铃整个晚上都在闹情绪，有客人来了也懒得主动招呼。

"你该开心有人用行动赞美你。"空闲的时候尤里和李可铃在收银台聊天。

"我感觉自己很迷失，不知道现在这样对不对，我本该一放假就回老家算了！"李可铃说。

尤里以为她是懂那些道理的，或者她只是想演忠贞烈女的戏而已？

尤里趁上班休息的空当打电话给男朋友小风，说自己和李可铃在日本烧酒屋上班，而且李可铃被人非礼了。

她男朋友正在家过暑假，还能听到他那边线上游戏所发出的声音。

"你真悠闲！"尤里骂道，然后又觉得自己其实也可以悠闲，却在犯贱。

"你有被人非礼？"小风问。

"没有。"其实昨天还有个客人摸她的手。

李可铃在学校见过小风，是其他学院的，尤里说是动漫让他俩走在了一起。

李可铃没接触过动漫，但又觉得搞动漫的人似乎都很热血。她看过一本漫画书，连人物的性别也无法分辨，最终只好放弃了那块天地。

新学期里，海今发现尤里和李可铃的关系忽然变好了。

有天中午，李可铃走进她们宿舍，像是刚睡醒。

海今正在本子上画画。

"你是我见过的漂亮女生里面，画画得最好的。"李可铃对海今说完，便走了出去。

李可铃夸人总喜欢用到"全世界""我见过的所有""全校""我这一生"这些范围，尤里知道她这些夸人的话从不经过脑子，但海今被夸，尤里就是不快。

等李可铃走了，海今却嘀咕中，"真是虚伪。"

海今这么说，尤里的心里一下子会喜欢着海今。

高丽喜欢抱尤里，尤里也喜欢抱高丽，尤里和海今却从不会抱，两人会尴尬。

高个子和高丽也不会抱，开玩笑的时候会打斗，高个子对高丽下手也特别重，有一次把高丽的手打脱了臼，高丽才明白高个子是真恨她，和高个子保持着距离。

高丽有次准备以办活动之名捞一笔零花钱用，招兵买马的时候没邀请高个子，高个子说自己周末要去南京，也没有时间。

李可铃和高丽敲了敲理科班女生的宿舍门，开门后，看到四个女生正在安静地看书。

李可铃说："请问，你们参加动感地带的歌唱比赛吗？"

几个女生便扔下书过来搭话，有个人拿过高丽手中的单子，问高丽："这些人可都是报了名的？"

李可铃说："是的。"

"可是有奖的？"

李可铃说："奖手机充值卡与现金还有MP3。"

"啊！太好了！"女生兴奋了，转而又自怜地说，"唉，我要是真上去了，那还不把人都给吓死了。"

高丽说："人家都吓死了，你就是第一名啊。"

理科班女生以学业繁重为由决定不报名。

从女生公寓出来，李可铃皱着眉头呼出一大口怨气，对高丽说："现在我们该去男同学宿舍了吧？"

在男生宿舍李可铃也有抱怨的，在脏的宿舍她直皱眉头，在臭的宿舍门口她又站着不肯进去。高丽不在意这些。李可铃心想："高丽真像个粗工。"

一个周末的中午，剩尤里和海今在宿舍上网。

海今忽然问："你怎么不跟男朋友出去逛街？"

"他今天忙，明天逛。"尤里说。

尤里说完忽然感到好奇，海今从大一到现在都没谈过恋爱，难道她没有那个需要？

高个子每周都去南京，高丽也交了男朋友，很少出现在她们中间了，过了不久尤里也换了一个，每周都往上海跑。海今闲着的时候都和一个同社团的王学妹在一起，听说这位学妹一直很仰慕海今的才华。

尤里有次试探地问："我很好奇你们的关系哦。"海今极力撇清。

但海今有一次讲自己的春梦，梦里明明低着头是给一个男生，抬起头发现竟然是王学妹的脸。

她对大家说这不是春梦，是一个噩梦，尤里说："不管是什么梦，我碰到她一定把你说的都告诉她！"

海今跑过来掐她脖子，尤里挣扎着嗷嗷叫。

没几天下课后在路上碰到王学妹，尤里还在犹豫要不要说，便听见高丽说："王学妹，告诉你一件事儿，前几天海今梦到你了……"

王学妹听完高丽整个添油加醋的描述，害羞得捂住了脸，赶紧跑开了。

尤里在一旁笑得满面春光，她就是喜欢这个世界是这样子的。

过了两天，李可铃把尤里喊到宿舍走廊的尽头，说要告诉尤里一件事。

"今天上午，有个人加我QQ，问我是不是2005届的'尤里'，我问他是谁，要干吗，他说想知道你有没有男朋友，我就假装自己是你，让他传张照片过来看看。"

"然后呢？"

"他传啦！但我一看就知道那不是你喜欢的类型，帮你拒绝了他……还跟他说你在上海已经有男朋友了，即使没有，也不会看上他这种！"

"照片呢？还在你电脑上吗？"

"在呢，你要看吗？"

"当然！"

李可铃打开了照片，尤里看到一个裸着上身的阳光男孩，还刻意摆着秀肌肉的pose，是一张"诚意十足"的照片。

"他的QQ号我已经删了，这种人就该让他自生自灭。"李可铃愤慨地说。

过了好一会儿，尤里才轻轻地"哦"了一声。

周末，尤里去了上海男朋友那里，将这件事告诉了男朋友，男朋友笑着说："那我真该请李可铃吃顿饭咯！"

尤里皱了皱眉。

男朋友说："怎么啦？你感到很惋惜哦？"

尤里没说什么，抱着男朋友睡去了。

她是惋惜的，但李可铃比她更加感到惋惜。

最后一个学期时，学院规定全年级都要去毕业旅行，时间地点选在4月的北京。

到北京后，尤里、海今、高丽一间房，高个子没和她们住一起。

而李可铃是其他班的，和她们不同旅馆，她打电话给尤里说她想和别宿舍的人睡一间，但最后还是和自己宿舍的三个人睡，她说这个旅行的回忆将不会美好。

尤里她们的房间只有两张大床，她们将床拼在了一起。两张床中间鼓起一小块，谁都不愿睡在中间，于是"石头、剪子、布"决定，高丽最先安全，接着是尤里和海今PK。

"石头——剪子——布！"

海今赢了，尤里气得直捶高丽的肥屁股，高丽仰天长笑。

晚饭后，她们在旅馆房间里靠在沙发上看电影，嘴里边不停地讲着八卦。

聊到隔壁班上有个女同学去学校旁边的旅馆开房，看到了高个子的名字写在登记表上。

"不仅仅是那一天，听前台说，每次都开三天，和一个戴着眼镜的男生。"高丽说。

"长得帅么？那就是说，她每次都没有去南京了？"尤里问。

"她的秘密不要知道太多。"海今说。

除了尤里之外，高丽和海今两人都很恨高个子。

有一次高个子把海今整个倒过来，用手抓住她的脚踝，用脚踩她的头。当时尤里还没和男朋友分手，去了上海。高丽劝也不劝，坐在一旁看好戏。

海今被打后静坐在电脑前，眼泪直直地流。

等尤里回来又向尤里诉苦。

"你到底做了什么，她这样对你？"尤里问。

"我说她脑袋小，身子大，像祥林嫂。"

"你不每天都这么喊她么？"

"不知道，可能正碰上她心情不好。但也不能这么过分！"

尤里看着海今眼泪一道道地流，阳台上又没有其他人在，又加上是明月高挂的大晚上，于是很想抱抱海今，但最终还是没敢那么做。

北京的温差很大，白天穿T恤，到了夜晚却要套一层棉袄。

很多同学都冒着寒冷去三里屯的酒吧了，尤里说想去看看，高丽虽然是豪放女，却不愿去那些地方，海今说她随大流，于是她们三个已经洗好准备睡了。

睡在中间虽然没有感到很不舒服，但尤里习惯睡觉时动来动去，海今以为尤里不舒服，不由得在心里责怪自己。

到了半夜，高丽已经睡死了，海今好像也睡着了，尤里还是醒的。

只是海今比较瘦，她那边有很大一块空位，于是尤里往那边靠了靠，又靠了靠。海今的身体总是比较温热，而因为温热所以身上散发出来的气味也浓，尤里轻轻地呼吸着，闭着眼睛准备安睡了。

过了十分钟左右，忽然一只胳膊穿过尤里脖子底下，尤里是背对着海今的，听到了海今均匀而缓慢的呼吸。

就当她是真睡着的吧。

05

● Bad Romance
COLD BED CONFESSIONAL

COLD BE

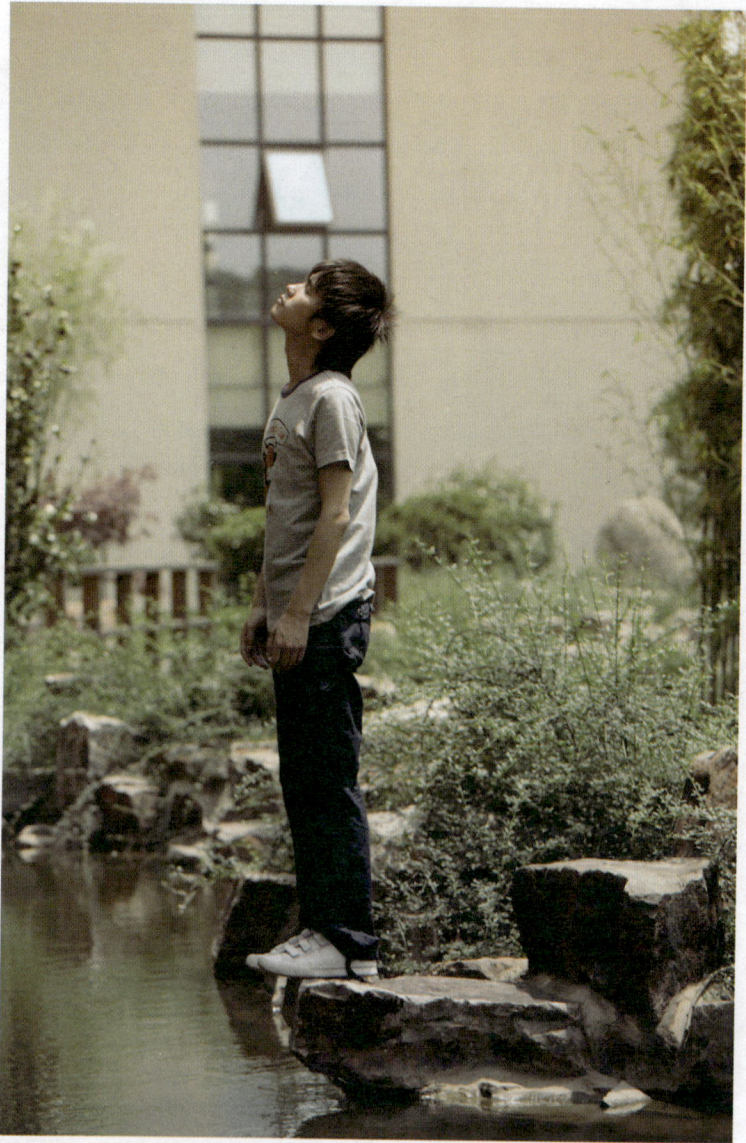

Bad Romance

夏代在电话里约了我，说今天下午要过来给我讲一段她的"背德罗曼史"（Bad Romance），这几个月来，我断断续续地有被她告知她与温轩、易一钧、Free等人的关系。现在故事正式结束了，她将把精彩片段串联成一个比较完整的故事讲给我听，地址就在我租的房子里。

她穿着一件暗红色的外套，中长的头发披在肩膀上，脸上也没有使用遮瑕粉底，"嗒嗒嗒"地进屋后，我发现她正穿着一双大学时穿过的旧平底鞋，可见她是专程过来我这里讲故事的，不然她不会作这种打扮。

过去的两年是我们这些大学毕业生来来去去、东奔西走、上下求索最频繁的两年，很多人在这两年里发福或者显露疲态。即使没有外表上的堕落，年轻的气息也消磨了。

夏代和大学时候一样，坚持不烫发，五官的美丽也还在。

我站在冰箱前问她喝什么，她正在思考故事怎么起头，貌似我打断了她的思路，连忙向我摆摆手和摇摇头，又说："随便。"

她在脑海里稍微仔细地整理了几分钟，就迫不及待地开腔了：

"去年夏天，我的几个朋友来上海看我，他们说想去上海的酒吧玩，那个时候我和易一钧还没正式说分手，在周末的时候，就带着朋友们和他一起去酒吧玩。玩到有些晚的时候，易一钧说酒吧里空气不好，就去外面透气了。

　　"这个时候，我在酒吧里面看到一个人，他很特别。我把他拉到舞池里面，和他交换了电话号码。"这个人便是温轩，听夏代说他好看得不成人形。

　　"过了几天，我和温轩吃晚饭，我找不到吃饭的地方，就发消息问他是不是在一所教堂旁边？这条消息误发给了易一钧。

　　"因为我当时正和他聊着短信呢，一时手快，发给温轩的消息就误发给他了。不过，这样也好，我和易一钧虽然相互吸引，但是，我们是那种根本不该在一起的两种人。所以我并没有负罪感，如果有，大概轻如鸿毛。

　　"易一钧不喜欢我，他喜欢的人在大连上大学，人家在那边有男朋友呢！但他因此越发在意那个人，经常背着我跑去大连看她，我真可惜那些机票钱。

　　"我和他分手，完全是看不惯他这样的做法，简直就是愚昧无知，你觉得呢？这样的人生观有问题，得不到的就成了最爱，虽然世人都如此，但我无法理解这种犯贱的行为。易一钧自己也常说：'我天生就是贱人'。"

　　我点了点头。我见过易一钧几次，还和他聊过，他当过半年的模特，目前在上海的一家仪器设备公司当秘书，虽然当秘书的收入比当模特高几倍，但他还是怀念当模特的日子，并准备随时辞职去当模特。我劝他不要再去当，因为他的臀部的骨骼有一点儿过大。他听了显得心有不甘，似乎有一种曾经拥有过的"鱼水之欢"让他久久不能忘怀，类似《红楼梦》里女孩子们在花园里嬉笑打骂的时光，他一定要追回。现在他身上的衣服都是奢侈品，却没想过当了模特之后，不一定买得起。想必他也有关于这条路的周密计划，毕竟人各有志。

　　当夏代说他犯贱，我是赞同的，只按照荷尔蒙的指使过活的话，目光稍微显得有一点儿短浅。

　　"和温轩吃完晚饭，我晚上就去了他家。他住在一个老公寓里，但因为在市中心，房租还是挺贵的，一室一厅含厨房卫浴，房子每个角落里脏兮兮的。易一钧的房子带个漂亮的小庭院，天气好还可以约朋友坐在庭院里打麻将，室内还铺着地毯，非常漂亮，但缺点是下了地铁终点站，还要坐十几站公交车。和温轩的租金一样，都是三千多。"

　　"你这间是多少？"她扫视了一下，问我。

　　"和同学一起住，两室一厅，两千二。你的呢？"我说。

　　"我也和别人一起租。最近世博会，房东还涨了三百，本来是两千五。"

　　我说："你接着说吧。"

　　"哦，我说到哪里了？"她问。

　　"你去了温轩家。"我说。

　　"自那天晚上之后，我便和温轩在一起了。我几乎每个周末都去他家。你知道吗？他真的很不错。"她不无暗示地说，仿佛这才是重点。

　　"他只有周六日休息，所以我每个星期五就跑去他那边。每次都是我躺在床上看电视，他坐在电脑前玩游戏。有一次去他家，他正在玩游戏，忽然他的电脑黑屏了，我想：真是天助我也。没想到他还特地跑到网吧去玩，3点多钟才回来。但我已经睡得不省人事了。

"他还说国内的玩家没有人品，花钱去和国外的玩家玩，沟通的时候都用英语。你说，这些人，看起来很糊涂，对待自己的爱好一点儿都不糊涂。分明是有意在躲避责任。"

"温轩有多大啊？"我好奇地问。

"什么有多大？……比我还小几个月。我现在碰到的好像都是比自己小的。易一钧第一次看到我的时候，说以为我是高中生，殊不知我比他老四岁！"

他们第一次见面的时候我也在，那是一个朋友在自己家办的家庭酒会，酒会结束后，她坐在的士里向我道别，旁边坐着易一钧。

"记得易一钧早上醒来时，表情是受到惊吓的，一副不敢相信的样子。我没睡好，第二天早上眯着眼睛的样子当然是丑的。你知道吗？他的那个表情严重伤害了我的自尊。你说，在这样的情况下，怎么可能有爱情？"

她皱着眉轻轻摇头，似乎在纠结着更深层次的事了。但想来想去想到自己也是因为易一钧的美貌才跟他回家的，就不愿去想了。

听她说过，易一钧现在每个月九千左右的收入，我们猜是他爸爸帮他找的工作，或者是在他当模特的时候，有贵人为他指路。不然他的年纪比我们小且是高中文化水平，凭什么收入比我们高。

而温轩是在一家电信公司上班，每个月薪水五千块。上班时着迷玄幻小说，下班后就一个人在家坐着玩游戏，夏代说他有时候闻起来是臭的。

夏代是个话剧演员，每月都有两三场演出，出演不大不小的角色，钱也不多，平时连衣服和化妆品也不敢多买。我曾去看过一次她演的话剧，演员们夸张得青筋暴露，尽管我无法融入，但是给我留下了深刻的印象。

"我有点儿口渴了，你的水呢？"夏代问我，"你刚才不是问我喝什么吗？"

我将水倒进杯子里给她喝。

"有一天，温轩的一个朋友请客吃晚饭，让我也去。"

"请客的那个人叫做Free，三十多岁的一个女的，刚从日本回来。吃完饭后，便一起去了她家打牌，她家真是漂亮，电梯一开就是她家客厅了。听温轩说，她不止这么一个房子，上海各区有几个，加拿大有一个，日本也有一个。"

我问："那温轩和她有关系吗？"

夏代说："应该是有过吧，不然这么不相干的两个人不可能会认识。"

　　"打牌打到了三更半夜，出门的时候，看到Free家的沙发上坐着两个尼姑，穿着黄色的袍子，一个在用笔记本上网，另一个拿着遥控器给电视机转台，那是多么不和谐的画面。我想，她们怎么会玩这么现代化的东西。

　　"从Free家出来后，我和温轩准备打的去他家。有一个晚上一起打过牌的女生叫古瑀，好像住得挺远的，打的回去估计要一两百块。我就问她要不要一起去温轩家，一开始她不肯，后来还是答应了。过去之后，古瑀说要睡在沙发上，但沙发上都堆着衣服，我让她睡在床上。她和温轩本来就是认识的。"

　　"你知道接下来发生了什么吗？大家都有一点儿微醉了，而温轩又是那种用下半身思考问题的男人。你懂我的意思吗？"

　　我说："我懂。"

　　"古瑀睡在左边，温轩睡在右边，我睡中间。但后来又换了，换来换去，我也不记得了。第二天早上古瑀就走了，我还能清晰地记得她在那样的大冬天里，一个人站在床边默默地戴着胸罩的背影，啧啧，她真是瘦。"

　　"你能接受吗，这样的事？"我好奇地问。

　　"我在大学时就梦到过这事，至今不明白那到底是谁……"

　　"古瑀？"我问。

　　"好像不是吧。"她说。

　　"有什么感想？"我问。

　　"我觉得很好，还讲给我当时的男朋友听。"她说。

　　"他有什么感想？"我问。

　　"他听的时候很开心。"她说。

　　"紧接着我也起床了，我准备和古瑀一起去吃早饭，我问她吃什么，中式还是西式，她说她随意，于是去吃了牛排。吃完她就回家了，她男朋友正在家里等她，她是个很乖巧的孩子。

　　"接下来的几天，Free，就是那个三十多岁的女人，频繁地给我打电话，还约我出去吃饭。一定是温轩跟她说了些什么，不然Free不会这么确定我会和她去吃饭。"

　　"Free长得怎样？"我问。

　　"蛮好看的，又瘦又丰满，性格也温柔。只是讲电话的声音很大，笑声也很狂妄，特别是抽烟的时候姿态很不自然，这几点让我感觉她很没形象。你说一个女人讲电话干吗那么大声？"

　　"我和Free在晚上12点出去喝茶，聊到了凌晨2点多钟。和她聊天挺闷，倒是可以增长很多见识。她去过很多场合，专挑一些挑逗性的告诉我。我又不是不知道，现在网上什么没有啊？她还在那边显摆。我倒是好奇她家里那两个尼姑是干吗的，但她却不提。"

"后来呢？"我问。

"后来我回家了。"她说。

"她没让你去她家？"我问。

"太晚了，再加上第二天我还有排练。"她说。

"再加上你对她也不是非常感兴趣吗？"我说。

"对啊，她毕竟快四十岁了。"她说。

要说感兴趣，这几个人里，她应该还是比较喜欢易一钧，她每说起"易一钧"这个名字，就显得有点儿气虚，谁叫易一钧长得好看呢。夏代喜欢霸占一个人，而易一钧又是永远喜欢着自己得不到的人。夏代认为在一起便是爱情，并且相处的过程很重要，过程里需要互相珍惜，那整段相互隐忍与协助的漫长过程便是爱情了。易一钧认为爱情要有追的过程，让他觉得那个爱情很难得，以后怎么相处又是次要的。这两个人完全来自不同种族，完全是不同的电影里的主角。因为外表而有了短暂的互相吸引，马上又互相不兼容。

但按照现代爱情的规则看，夏代是输的一方，而易一钧之所以会赢应该是天性所致。夏代和易一钧认识第一天若不跟易一钧回家，说不定易一钧从此会尊敬她，这是遗留下来的根深蒂固的传统观念所致。尽管这一点在现代人看来非常微小，却是触一发而动全身的事，再完美的人在他（她）们眼里就像一件脏衣服。

只能怪她输给诱惑了，人总不能想要什么都能得到吧。

"就在那个周末，Free又让我们去她家打牌。这次又打到了三更半夜，古瑀又跟着去了温轩家。但这一次她坚决不肯，温轩快气死了，他这方面的情绪总是无法隐藏，让我很喜欢。

"第二天早上我又看到古瑀在大冬天里戴胸罩的背影。在零下几度的天气，一个瘦弱的女生在微弱的晨光中扣着胸罩，你会试图站在她的身体与她的心的立场上去感受她，接下来，你就永远忘不了那样的背影了。

"我中午才起床，离开的时候温轩还在睡。我知道他是在装睡，他只是懒得起床，我起床之后，他必定也会起来，继续玩他的游戏，然后晚上再琢磨着要不要找几个朋友去酒吧玩玩。我又觉得我们一个个离开的时候，温轩的处境也很可怜。

"而也许谁都不可怜，我最可怜。

"接下来的几天我约古瑀吃了一顿饭。她那么乖，和她做朋友应该不错。

"但古瑀告诉我，第一次时，她本来向温轩拒绝了Free的饭局，但温轩竟然对她说，这里有个很漂亮的话剧演员，说不定你们可以聊聊看，然后晚上一起住我家。

"温轩为了自己的爱好，竟然这样利用我！而因此我也联想到了温轩其实不仅仅只介绍了古瑀给我。原来之前还有两三个，只是那些人更聪明，更对他不屑，没让他诡计得逞。

"于是我也生气了，当天下午发消息给他，要与他断绝关系。他回过来的短消息我还留着。大概意思是像我这种肮脏、靠潜规则上位的戏子，没资格说他！

"起码我还残留着一点儿人性在，不像他，一切行为都放在现实的轨道上进行，冰冷得一点儿人情味也没有了。

"人情味就是傻！"

"那阵子，我和Free还是有联系的，她常约我吃饭，但年底实在太多演出了，就没有见过面。回家过年时，家里比较冷清，我常一个人坐在那边想：Free也没什么不好，温柔、有气质。是上天注定的也说不定。"

"我是不是有点儿饥不择食？"夏代问我。

"有一丁点儿，继续往下说。"我说。

"年过完后，我就十万火急地见了Free一次，晚上在她家过的。我洗完澡后穿上衣服，对她说：'那我回去了？'她说：'你回去干吗呀，就在这里陪我！'我是试探她的，她的回答让我很放心。

"但第二天便没了联系！第三天打电话过去她也不接，发短信也不回。有几次手机还在忙音中，分明是故意不接我电话！"

"她房间里还放着她和她老公孩子的合照，放在洋娃娃的身后。她老公丑死了，小眼睛大脸，亏她好意思嫁。她的孩子是在国外代孕生子的，而老公是个日本人。我想，说不定她在上海做的这些事，她老公并不知情。如果她真的无所谓她老公的想法，干吗还把合照放在房间里当摆设？女人再强势还是怕自己的男人的。

"但我只是好奇她干吗不回我短消息，也不接我电话。即使是忙工作，也不用连续忙两天吧？即使是不想理我，难道不能跟我说清楚吗？

"正好那天古瑁来找我玩，我就把这件事告诉了古瑁。古瑁说打个电话试探试探Free，没想到Free竟然接了！并向她问好，问她什么时候去她家玩。还说过年时她给古瑁打电话，问古瑁为什么不接。"

"你说这都是些什么人啊！"夏代深深地叹了一口气。

我问："你喜欢她吗？"

"不喜欢，只是她以前对我那么热情，于是我想试试看。"

"Free真的令我抓狂，古瑁和她打完电话后，我又打了个电话过去，她接了，一副若无其事的语气，我骂她是个贱货。她答非所问，在那边笑语相迎，像是什么都没发生一样。这样看来，我像是被自己的阴暗面驱使而做这一切的！"

我说："你应该发个短消息过去骂她，这样你的气也消了，她估计什么都清楚，只是依旧大智若愚的那一套不会回复你。以后大家都不会联络，当做是个结尾。"

我又问："难道你得罪过她？她这么对待你。"

"也许吧，当初她向我示好时，我那段时间和温轩还没分手，我表现得很不领情。有一次她开车过来接我去吃晚饭，吃完饭之后我让她载我到电影院，然后我进去排队买票，是给我和温轩买的。

"她家里到处都摆着风水阵，那天早晨，她去上班了。我起床后拉开窗帘，窗户上摆着四个神龛。洗完澡后，我到处找不到吹风机，后来在那个尼姑的房间发现的。

"我干吗碰到这么多怪物，难道这个城市只剩下怪物了？难道大家都是心理扭曲，没一个正常的？！"她说。

"谁不是怪物呢，其实你自己也是其中一个，"我说，"这个城市就是个怪物聚集地啊，不是怪物还不来呢。"

我联想到Lady Gaga的《Monster》和《Bad Romance》，在这个年代她唱得适逢其时。

"你说尼姑的房间干吗放着吹风机？"她又问。

"世界就是这样，"我对她说，"'道德'一词让所有该正常发生的事，在我们心里都呈现了扭曲状态，如果没有'道德'，有些事便都是正常的了。而只要你想开一点儿，你就不必背负一些道德的枷锁了。"

"那你现在有什么想法？"我问，一切摆在眼前，她也不是什么都不懂的人，我没有什么感想要对她说。

"没什么想法，只是对Free剩下一股闷气无法释怀，所以特地把来龙去脉都告诉你。但我思考之后，又发现这样的后果是自己本身所制造的，和Free无关。她的确没做什么，但我却在犯罪。"

"她们道行高深，不动声色就可以置你于深渊，你还只是一朵小黄花啊，"我说，"你既然学到了，以后记得看准了再下手。"

"嗯！"她似乎很坚决，准备在接下来的生命里发奋变成Free那样的女人。

"接着我也没再和古瑀联系了。我让古瑀试探Free的那天，古瑀是过来找我帮她安装系统的，不就是把盘放进去，再点击安装么，这种事还要千里迢迢地跑过来。

"她倒是一直强调桌面和主题要美观，我问她要装Vista还是Windows 7，她也一问三不知。她回家后打电话给我说登录不了QQ，我让她进个文件夹删除掉两个文件再重新安装，她也表现得很茫然，让我顿感这样的女孩子才是最可怜。后来她让我陪她去逛街，我都不是很有兴趣了。

"易一钧上个月也联系了我，告诉我大连的那个女孩毕业了，和男朋友也分了手，现在正住他那儿。

"他觉得两个人在一起很烦闷，没有激情，此外，他一向经受不住外界的诱惑，已经蠢蠢欲动了。我让他怎么快乐怎么做，说他天生是个烂人，不用按照正常人的路走，但他又不认命。带着哭腔追问我到底该怎么办，我只好劝他去死了算了，一了百了。

"他拼命咒骂自己就是一贱人，我看他简直是不以为耻反以为荣。"

她的故事讲完了，天也黑了，邻居厨房里的香味又飘了过来，邻居是一个一天到晚都待在厨房做事的五十岁左右的女人，每次路过我都能看到她的半个油光可鉴的脑袋，头发整齐而干净地梳往脑后，扎成一个椭圆形的小球。有时她又站在楼梯口抽烟，我路过时，还客气地问我抽不抽。

我和夏代等会儿可能会一起去吃个晚饭，然后在地铁站说再见。此刻她坐在我面前，显得更加疲惫了。

06

友谊之花朵朵开
COLD BED CONFESSIONAL

COLD BE

小学时代

小学时代发生的事，我差不多都忘记了，只记得某个夏天的中午，妈妈拿着斧头去学校找数学老师。从那之后，班主任便常常在讲台上讽刺我，说我是个娇生惯养的人，直到我无地自容得脸颊通红，他还不能停止继续说我。

我的求学过程都是在厌学的情绪里渡过的，起码九年义务教育的时候是这样。我不喜欢教课书上的插图，教科书上的线描插图，有种很土味的洋气。我常给那些男人的肖像添加辫子和胸罩，女人就画上胡子，或者全都加上无限延长的睫毛——反正任何人都难以逃脱我的手心。

也很不喜欢那个时候的老师，他们在我眼里是愚笨的，他们拿着书本的时候应该不知道自己到底在讲些什么，乱讲一气，毕竟只是那个年代的小学老师。

他们教出来的学生——也就是我的同学，在我眼里看起来也很笨，当他们（老师）笑着夸奖他们，我便很不屑那个画面，我很确定那是笨蛋在赞美笨蛋——他之所以赞美他，还不是因为他被他认同……

所以我也没什么交心的朋友。

只有过一个，是在小学五年级的下学期。我记得我们蹲坐在我家的门口，太阳暖暖地打在我们身上，我给他讲了一个成人故事，并加以细节描述，他显得非常兴奋与不安，看得出来，他几乎什么都不懂。但我比较喜欢和比我成熟的人玩，所以没多久就与他解除了友谊关系。

第一份友谊

上初中时才拥有第一份正式的友谊，那是个刚刚建立的私立学校，开学的那天学校到处是新生与他们的父母。

"你们以后就是好朋友了！互相照顾，不要打架！别人欺负你们，你们要互相帮助！"万亮的妈妈真切地对我说。

如果不是他妈妈的这一席话，我没打算接受面前这个卷毛配上死鱼眼的人成为我的朋友。人群中，有些人长得就不像是可能成为你朋友的人。

他给我的感觉就是这样。

我看起来就是一个乖巧的孩子——我在大人面前从来都是保持微笑且一句话都不说，所以他妈妈才将他托付给我。而其他同学，也的确都是些有待成熟的歪瓜劣枣，还没开学他们就不安分地脱光上衣蹦来跳去，有一个当场跌碎了一个睾丸，是我在这个学校见到的第一个幽默的惨剧。

但我和万亮没有玩太久，没过几天他便找到了和他"一条路上"的人。他们在学校的路上打打闹闹，互相推搡，互相扒对方的裤子。他的确更加适合待在那个庸俗的画面里面。

他和我在一起的时候，重复说着一些不好笑的笑话，我一般大概前面几次会对他笑笑，后来便再也笑不出来了。紧接着，他便离开我和别人一起玩去了。和别人玩的时候，时不时会用一种"你看，我和他们可以玩在一起，你却依旧活在自己的世界"的眼神朝我这边看看。

虽然我真的很不在乎，却还要装作自己"真的很不在乎"。

这所学校半个月休息一天，届时，学校会派车将学生一个个送回家，休息一天后又要立刻返回。所以常常有父母在非休息日来校"探监"。

偶尔万亮的妈妈会来学校看他，为了不让他妈妈失望，我会装作与他感情很好。

他妈妈每次离开之前，都会重复"你们是好朋友，互相照顾，不要打架，有人欺负你们，一定要互相帮助，知道了吗？"之类的话，我总是微笑着对她点头，然后目送她离开，她离开之后，我就会停止微笑，完全忽视站在一旁的万亮，去做自己该做的事。

我很怕女人因为我而伤心。

在万亮找到和他一条道路上的人后，我很快也找到了和自己一条道路上的人，同时这个人也找到了我。

"刘杰真是个十足的贱货。"
"是啊，我也认为全班他最贱。"

我和Way因此一拍即合，并没有多余的语言。

扔出窗外的画儿们

Way虽然性情轻浮，却是讲义气的人，他冲到教务处把刘杰告了。

据说刘杰强吻过自己的表妹，而且常常拿着砖头蹲在草丛中，当自己的仇人路过时，冲出去砸人脑袋。但这些都是可怕的谣传，我只见过他在厕所里抽烟——抽烟对一个刚进入初中的小孩子来讲，已经非常可怕了。老师见所有人都怕他，便选他当纪律委员。

他很尽责没错，他将上课时每一个讲过话即使只有一句"哦"字的同学的名字写在纸条上——他上课都在做这个，让人人心惶惶。

我之所以在学校扮演一个内向的人，就是怕他发现我的存在。

但我依旧没能逃脱我生命中的劫数。

我常常在教科书上画画，但我常常发现，只要画过的地方，便会出现一个窟窿，有人把这部分撕掉拿走了。此外，我上课时偷偷在小纸片儿上的涂鸦也不翼而飞。

我一直以为有人看上了它们，直到有一天开班会，老师让大家踊跃发言，刘杰第一个举手，接着他不怀好意地看了我一眼，走到讲台边，将他收集到的"物证"全部奉上："班主任，他每天都在做这些事，根本没有将心思放在学习上，他是中国的垃圾，应该被开除学籍。"

班主任让我站起来，我站了起来。

　　我看到万亮回过头来幸灾乐祸地在笑，那一丝尚存的情谊也在心中消失了。无论是谁出丑，他都会习惯性地露出那种充满了"劣根性"的笑。他的卷毛和他的眯眯眼，再配上两排不整齐的牙加上下巴上的一颗大黑痣，活像一个媒婆。我对他嗤之以鼻，但他的造诣就是这么低。

　　班主任把我的画全部没收了，当着全班的面把它们揉成一团，扔出了窗外。至于他接下来说了什么，我已不大记得了，大概是"我将会打电话告诉你妈妈""让他们把你接回去好好教育"。我以为班会是要批斗刘杰的，但自己竟然被拿来杀一儆百。

　　下课后，我默默地低着头坐在自己的课桌椅上，教室里比平时安静了一些，也许有人正在议论我，但不会有人过来安慰。

　　有人递过来一团东西，我将模糊的视线擦拭了一下，发现那一团东西正是我的画，它们刚才被班主任扔出了窗外。

　　"快把它们收起来，放在一个隐秘的地方，"Way对我说，"我的箱子是有锁的，你要放在我那里吗？"

　　我很感激Way，其实这些只是我的"作品"里很小的一部分，即使老师不扔掉，我自己也会扔。

　　刘杰在学校里呼风唤雨，我几乎不喜欢学校里的任何人，当他"践踏"别人时，我并没什么特别的感觉，甚至在心里偷笑，比如万亮被他"践踏"的时候哭得稀里哗啦的，我的心情像在过年。

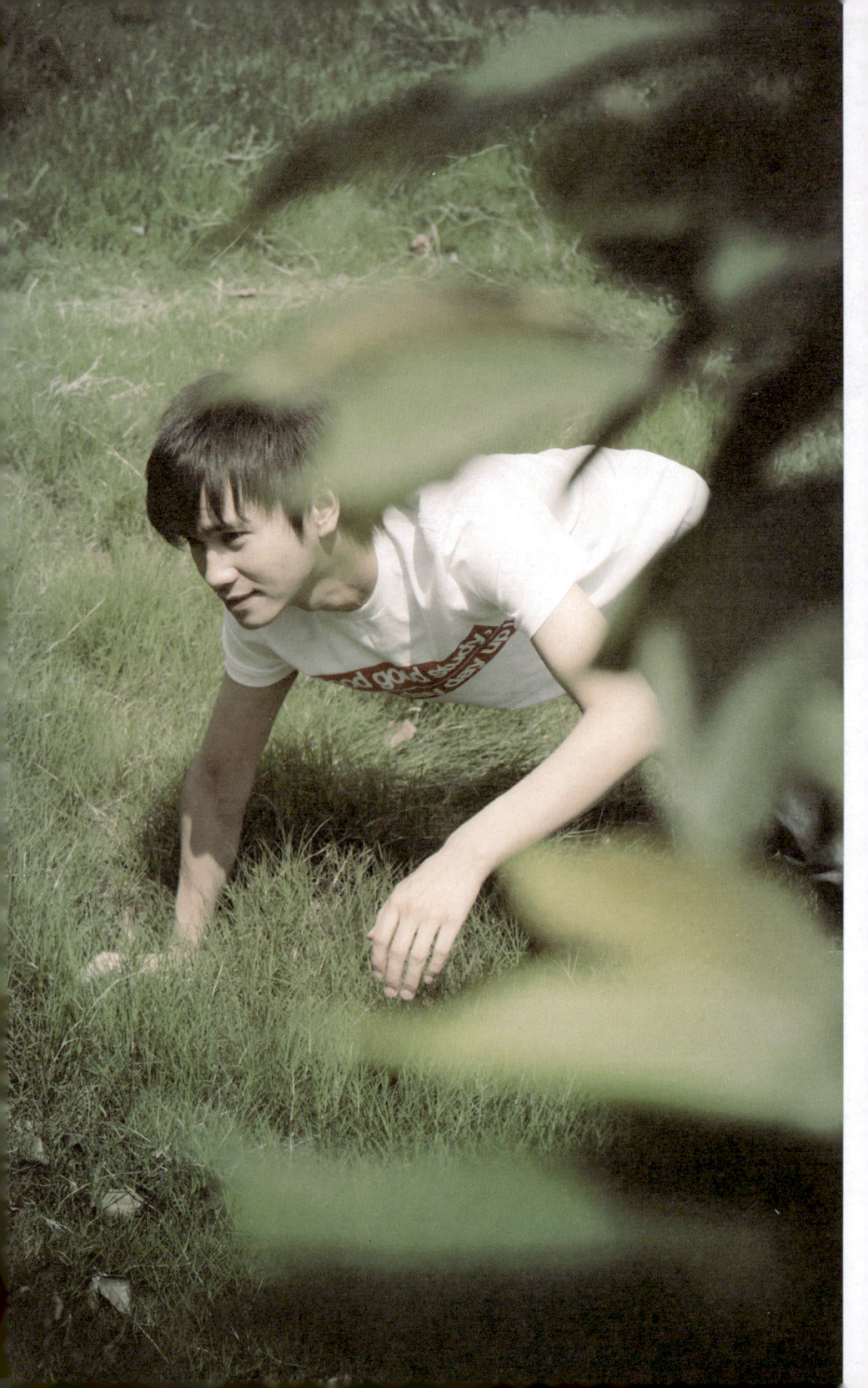

勇敢 ≠ 不怕死

刘杰和副校长的女儿在浴室里亲热，被一个老师当场抓住了。其实我当时不明白"做爱"是什么，只是听身边的同学讲来讲去，毕竟大家才初一，都是十一二岁的孩子。初中的校园里也很流行"阳痿"一词，我也不知道是什么意思。

刘杰因此而遭到警告，而这件事明显让他更加有威信了。

螳螂捕蝉，黄雀在后。殊不知Way也在收集他的不堪史。

当Way把写满刘杰罪名的材料纸放在我面前时，我看到这样一句：12月2日，刘杰将万亮压倒在床上。

然后他在某天早上，悄无声息地把这张材料交到了学校的教务处，他是完全天不怕地不怕的，连老师都不敢和他吵架。

这件事传开后，刘杰让Way去教务处把那些证据拿回来，并声称那都是假的，不然就打他。

Way说："你打打看。"

"啪！"

刘杰一个巴掌扇过去，干脆响亮，那一巴掌也抽到了我的心脏上。Way用脚踢刘杰的肚子。我记得那天Way穿着蓝色的上衣，白色的裤子，长长的腿踢起来很有画面感。我和Way认识这么久，不知道他还会做这样的动作。

刘杰忽然之间表情丰富了，坐在地上东张西望，好像是在说："你们看看，他竟然连我也敢打？"

其实他就是退缩了，用此方法消磨时间，等人过来劝架。

我赶紧跑到Way身边问他有没有事，他的气还没消，死死地盯着刘杰，我发现Way真是不怕死。

"不怕死"和"勇敢"，还是有区别的。

一次比较正常的班会

班主任又开了一次班会，这次的主题是：关于让某个人离开这个班级的投票。

"每个人把认为该离开的人写在小纸条上，然后交给我。"

刘杰举起手，他有话要说。

班主任对他说："刘杰你先不要举手，等事情进行完了你再发言。"班主任的声音有些颤抖，他已经是六十多岁的人了，不敢得罪这些年轻人。

"我一定要说！"刘杰不肯服从，他站了起来，对大家说："你们如果投了我，是你们的损失，如果让我知道谁选了我，你们走着瞧！"

说完他便冲出了教室，过了两分钟又跑回来，坐到了位子上。

他出去做什么了？捂住自己通红的脸吗？

也许他也有他自己的挣扎。

我忐忑不安，刘杰这么一说，不知道有没有人会写我呢。我还是选的刘杰。

惊心动魄的投票结束后，老师把所有的票数念了一遍，然后宣布："投票的纸片儿上，同学们稚嫩的笔迹各有不同，但大家却写着相同的名字：刘杰！"

刘杰哭了，眼泪从他那双葫芦娃般纯洁的眼睛里流出来。这并不是我第一次看

到他哭。他虽然无知，但也时常扮伤感与不羁，为一些情感方面鸡毛蒜皮的小事而哭泣或者闹情绪，算是当时一种很"非主流"的行为。但这是由于他平时太狂妄所造成的心理反差——一种被虐妄想症的心理倾向。

刘杰被众望所归地开除了，但我却没有因此而变得外向。

一个人走了，必定有人想要取代他，一些名不见经传的阿猫阿狗们忽然之间变得"生龙活虎"了，在接下来的日子做着刘杰曾经做过的事。但他们也怕成为下一个刘杰，事情做到了一定程度时，他们就控制自己。他们会对我说："你上课时少画几张吧，起码在数学课上不要画，行吗？不然我只能把你记下来了。"

上课讲话和睡觉的人多得是，我不知道他们这些人为何总是不放过默默无闻的我。

我想什么时候画就什么时候画！那是我的自由！

反正我的成绩也好不起来！

我对周遭是充满绝望的，希望世界末日早点儿到来，大家同归于尽死了算了。

大家的青春叛逆期

后来和Way深交之后，才明白他"不怕死"的渊源。他从小父母离婚，跟着爷爷奶奶住，读小学时爷爷奶奶根本管不住他，他想玩到几点回家都行。做错了事，反正爷爷奶奶心疼他，不敢把他怎样，久而久之就养成了他"不怕死"的作风。

他常说："我什么动物都怕，就是不怕人。"

他的爸爸妈妈对他感到愧疚，经常会给他钱，花钱如流水的他很少担心经济来源。

Way交了一个女朋友，这让我相当诧异。在整栋楼都是男生、学校校风严谨、坚决反对男女恋爱的情况下，Way过一个多月就换一个女朋友，而那些女孩绝对都长得白白净净的。我也常常听到别的男生议论他这样的行为，但没有谁会说那些专用名词，没人真正当一回事。

也因为大家才十二三岁，根本不懂。

Way不仅自己交女朋友还劝我也交，我无法像他那样形同钟摆。再说了，我根本不敢和这个学校的女孩子谈恋爱。

我们年级里的女孩子分为三类：一类是外放型，打扮出格，成群结队地说脏话；一类是内敛型，除了学习就是看书，一整天下来几乎不说话；还有一类是平凡

型，有着女生们都有的缺点。

　　"外放型"女生常常叉着腰，站在楼梯口骂路过的人，从她们的身边走过，扑面而来的字眼全都是对"你妈""你爸""你爷爷""你奶奶""你外公""你外婆""你祖宗十八代"的问候，不时地还会更新花样，"按摩棒""伟哥"之类的词汇，经常挂在这些十多岁的小女生的嘴边。就算学校最老实的人从她们身边走过，她们也有话要说："哎哟，原来是读书人。读书人就可以不做爱啦？"
　　当她们穿着裙子时，敢蹲在学校的凯旋门小便。

　　"外放型"女生里有个最搞笑的叫王慧，我第一次见到她时，惊讶得合不拢嘴。非常大的脸盘，脸上都是大大小小的麻子，鼻子和嘴一样宽，嘴的宽度又和两只眼睛外眼角的距离一样长。人们常常觉得电影里的如花很搞笑，王慧不用化妆不用摆造型，就可以秒杀如花几百条街。她总是穿着颜色鲜艳款式复杂的衣服，加上她的招牌羊角麻花辫，不用说话就让人忍俊不禁。

　　班主任让每个人上台形容一下班上的同学，让大家猜猜是谁，轮到某个男生时他念道："大大的眼睛，尖尖的鼻子，粉红色的小嘴儿，她像仙女一样美丽，当我见到她的第一眼，我便爱上了她！"
　　同学们东张西望，连老师也猜不出来，全班无解，纷纷让他报出答案。
　　"那个女生就是王慧！"
　　下一瞬间，只听见课桌椅剧烈震动的声音，王慧扔下一句"我要去跳楼！"便冲出了教室。

　　有了这样的前科，王慧在学校做人更是没有了负担，她在"外放型"群体里，讲话永远是最黄的，做事情永远是最大胆的。有一次我亲眼看着她抢着扫帚追赶一个男生（估计他不小心冒犯了她），男生躲进了男厕所，王慧只好拿着扫帚在门口等着。
　　"王慧！加油！王慧！冲进去！"路上的人纷纷喊着。
　　王慧冲了进去。
　　过了一会儿，只见班主任把她从男厕里哄出来，一边拉着拉链，一边咒骂："怎么是这样子的一个女孩？你有脸皮吗？你怎么丝毫不知羞耻？"

造物主的玩笑

"没你妈妈不知羞耻！"王慧扔下扫帚，含着眼泪委屈地跑开了。

触怒王慧其实非常简单——从王慧身边走过，当你觉得"此人长得真不可思议"而回头再看她一眼时，你会看见她依然站在那里，正恶狠狠地盯着你，看你有没有回头看她。如果你回头了，这就算是一种冒犯了，她是不会放过你的，从此你就成了"外放型"女生们的长期攻击对象。

值得一提的是，王慧的妈妈长得非常非常漂亮，当有人通风报信说"王慧的妈妈来学校看王慧啦！"我想象那一定是一个"大王慧"。

围观的人群中，王慧的妈妈正蹲在地上和王慧说话，一阵风吹过，她黑色的长发与白色的裙子乘风飘扬，她有着深邃且温柔的眼睛，下巴尖却线条柔和，嘴唇又厚又性感，微笑起来很像香港女明星钟丽缇，引来围观者的纷纷赞叹。

"为什么王慧的妈妈发色黑，发质又好，王慧的却又黄又卷又分叉！"

"为什么王慧的妈妈身材高挑而匀称，但王慧却那么宽大呢？"
"简直没有一处相同，王慧该不会是被她妈妈从垃圾堆里捡来的吧？"

平日在学校里受尽委屈的王慧正对她妈妈耍着脾气，皱着眉头啜泣。
"你吃得习惯吗？每天吃得饱吗？"
"在学校开心吗？"
"老师们喜欢你吗？"
"和同学的关系好吗？"
她不愿回答她任何问题，每一题对她来说都相当敏感。

"妈妈给你买了新的连衣裙，看！"她妈妈举起手上的几个包装袋子。
她瞟了那些东西一眼，更加泣不成声了。她很清楚她的人生就是一出在旁人看来很幽默的悲剧，她是造物主开的一个非常明显的玩笑。

"四大丑女"

其实小孩子都是缺乏审美能力的，班上有一个极美的女生，像从漫画里走出来的，如果王慧是0分，那么她就是100分。

但她在其他男生眼中却是不美的，男生有评选班上的"四大美女"和"四大丑女"，她竟然被归类为"四大丑女"（当然王慧是不属于这个榜单的，男生们一致认为她属于全人类）之一。

我很仔细地分析了这两个榜单，发现四大美女其实是"四大畸形""四大做作鬼"，但无一例外的是，她们的成绩名列前茅。

"四大丑女"除了有那个被我认为是绝世美女的，其他几位其实都还不错。只是，这四个人的成绩都奇差。

绝世美女从来都不学习，以一节课两本的速度阅读言情小说。

"詹莹，你来回答这个问题。"

坐在最后一排的绝世美女慢慢地站了起来。她的皮肤是全世界最白的，眼睛是全世界最大的，睫毛也是全世界最长的。她低着头，咬着淡粉色却很鲜嫩的嘴唇，偏黄的头发耷拉在面前，她这副样子更加惹人怜爱了。其实我平时大概五分钟就会向后看一次，看看她在做什么，或者只是想看她，每次她都低着头看言情小说。

"这么简单的题目，你回答不上来？"老师说。

她依然低着头，我认为老师不该这么残忍地对待这样的一个女生，她的心毕竟和王慧不同。

"你每天都在想什么？"老师笑着看她，"那你站着吧，不要坐下，以后的每一节课都站着，直到你回答出来为止。"

她一直站着，老师继续讲着课，过了一会儿我向后看她，她低着头站在那里，也不看言情小说，只是低着头，也没有眼泪，老师刚才有一个问题，问得比较恰当，"你每天都在想什么？"我也不知道她在想些什么。

　　我怀疑老师也喜欢她，明知道她不会，干吗还这样对待她呢？我总认为她生活在这个学校是埋没了，她应该去唱歌或者演戏，站在舞台上或出现在电视机里，受人追捧。而不是在这里被这些七老八十的老家伙们贬低。

　　这个学校的老师大多都是七老八十的老家伙，有梦想的人是不愿意来这荒山野岭教书的，他们都是来自其他学校的退休教师，戴个眼镜、喝一口茶都要花掉半节课的时间，而且一边讲课一边咳嗽。

　　我妈妈常常对我说："如果他们忽然挂了，记得把课程的进度如实告诉下一个老师。"

　　"四大丑女"之一——长得算是很个性的一位，她将自己的座右铭刻在了桌子上："女子无才便是德！"她不常看言情小说，大部分时间就只是坐着，什么都不做，只是坐着，哪儿也不看，呆坐着，遵守着自己的座右铭。

　　"刘璇，你来回答这个问题。"

　　她听到老师喊自己的名字后，翻了一个超级大白眼，站了起来，脸上一副"我就是不说，你能杀了我？"的表情。

　　等了好久她也没开口，老师发话了，"怎么不说话？你是聋子还是哑巴？"

　　她又翻了一个白眼。

　　"你翻死了！"

　　全班一阵哄笑。她一边翻白眼一边将视线转移到窗外，似乎在说"学这些，能够有什么用？"也许她想得并没有这么复杂，因为她只有十二岁，那样做只是一种情绪的表现。

　　"看着黑板！"老师这回是真生气了。

　　她看了一眼黑板，然后叽里咕噜地小声说着什么，应该是在骂人。

　　"你嘴巴里面在说什么？"老师走下讲台，一步步走过来，轻轻地用教鞭将她的下巴撩起来，她的头昂着了，脸颊通红，老师就像是在挑选一只鸡。

　　"你在叽里咕噜说些什么？我要你回答问题，你不会就说一声，不要浪费其他想学习的人的时间。"

　　"我不会。"她说。

　　"不会就站着。"他返回到讲台上去了，嘴里又开始了他的老生常谈，"你的家长花费了大把大把的钞票，养了你这么一个心宽体胖的废物。"

　　接下来"丑女"排行榜的其他两个也被点了起来。她们平时一起吃饭、一个宿舍、一起上厕所、一起迟到，不归为一类也难。

　　"你们四个就都站着吧，站着漂亮、气派，有一种傲视群雄的感觉。"

　　其实之所以会被称为丑女，与成绩的确是有一定关联的。老师很喜欢点成绩不好的人（这里特指女生）回答问题，回答不出来就会受到羞辱，被羞辱的人没有了形象，没有了形象在大家眼里便是"丑"的了。

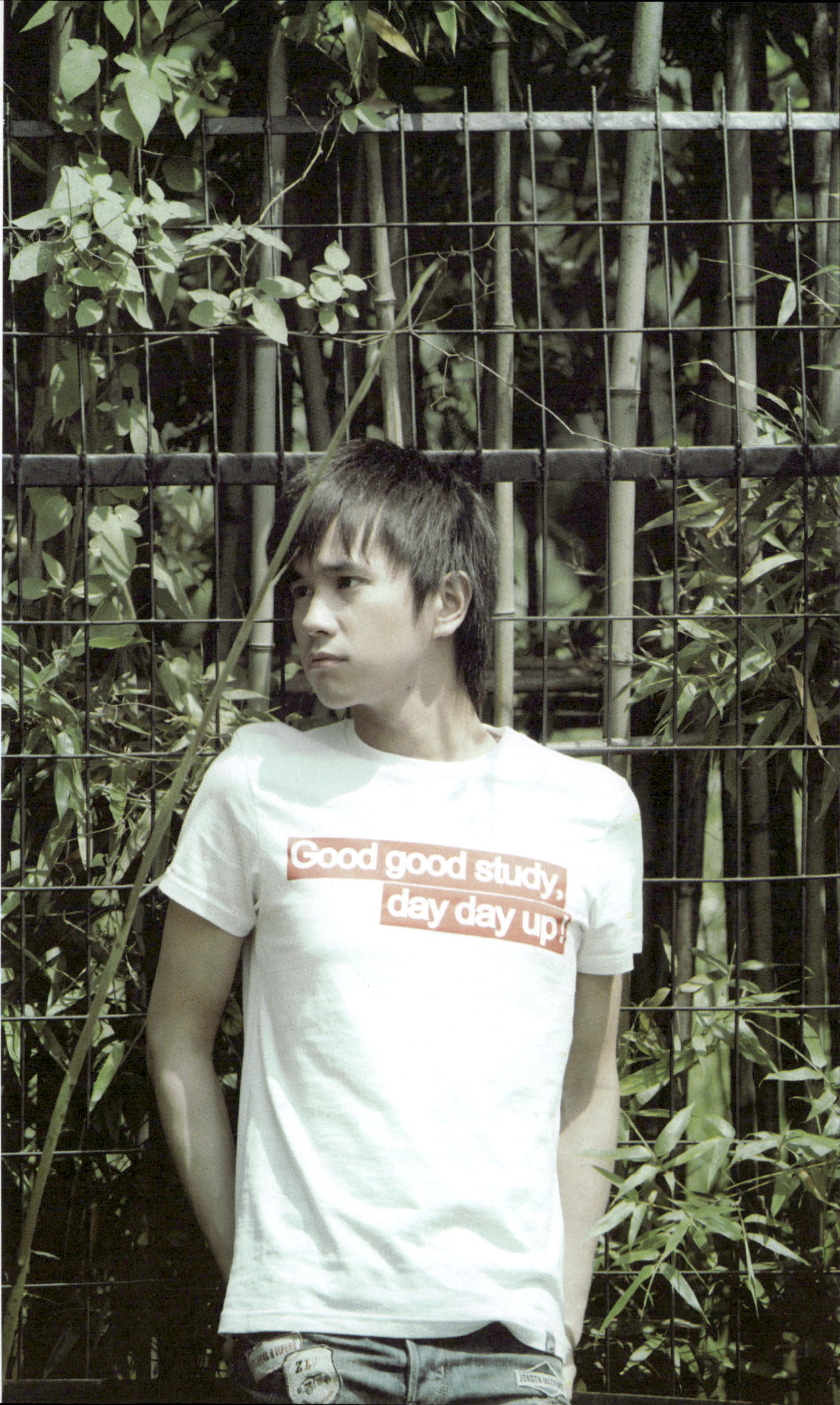
Good good study,
day day up!

成绩好就是美女?

下课后老师收拾好东西走出教室了，"四大丑女"坐了下来。绝世美女詹莹深深地叹了一口气，然后将言情小说从课桌里拿了出来。

刘璇坐下后，过了一会儿便趴在了课桌上。过了一会儿，她再也忍不住了，伏在桌子上抽搐了起来，两行眼泪掉在了她的左右腿上。

"心宽体胖"这四个字实在是有些残忍。

"别哭了，你也清楚，他是心理变态。"我安慰她，她在我眼里一直是一个坚强、善恶分明、无比善良的女生，她是我的同桌。

也顺便说说"四大美女"，"四大美女"不像"四大丑女"那么齐心协力，常常有叛徒把彼此不堪的事情往外爆。

"四大美女"里英文名字叫做Sissy的，她是我见过最黑的中国人，她的英文名字是根据《茜茜公主》这部电影取的。

关于Sissy的一件事是：Sissy偷偷地盘坐在宿舍的床上吃兰花豌豆，见有人推门进来，Sissy便用刚脱下的袜子将兰花豌豆们盖住，等人走了，Sissy便揭开袜子继续吃。

这便是"四大美女"的作派了。

成绩不好的女生在这个校园里遭到的歧视远远胜过男生，男生只要不打架斗殴，就是谢天谢地了。

我从不打架斗殴，成绩也肆无忌惮地不好着，特别是数学成绩，我像是生来就与"数学"这两个字有深仇大恨。

我是一株含羞草

我们的数学老师年过花甲，身材苗条，面部像块椭圆形的千层饼。他准备离开教室，忽然在门口定住，指着我说："你，放学后去办公室找我。"

放学后，所有学生都"闹哄哄"地去食堂吃饭了，我去办公室找数学老师。

他把办公桌上的东西收拾了一下，将抽屉锁上之后，对在一旁站了很久的我说："随我来。"他在前面走，我在后面快步跟着，一路上都静静的。他手里捏着一张我的数学考试试卷，五六十分的样子。

数学老师一个人住，正对着床尾的桌子上摆着电视机，床头边的桌子上摆着几本书。他们的宿舍没有学生宿舍精致，学生宿舍是大理石地板，教师宿舍是水泥地，学生宿舍的窗户和教学楼一样是推拉窗，而教师宿舍是老式的薄玻璃窗。

他坐在椅子上，将眼镜戴上，然后慢慢地摊开我的卷子。

"你坐，你坐。"他说。

我坐在了床上。

"我们先来说说这一题，这一题你怎么会选错的？"

经过他的讲解之后，我的确是有一点儿顿悟，但我为他详细的讲解感到可惜——我对数学严重缺乏兴趣，即使下次再碰到这一题，我依旧会选择那个错的答案。

"在学校里面生活，还习惯吧？"数学老师忽然握住了我的手。他的手心全是汗，手正在颤抖。

"习惯……"

"习惯就好。"他从我的肩膀抚摸到背后，然后上下抚摸。

"嘿？你怎么哭了？"

我热泪滚滚地站在他面前，眼泪打湿了我的手臂，还有试卷，我说："这些题目……真的是……太难了……"

"不要哭了，赶紧把眼泪擦干！不懂就问，有什么好哭的？对吧？"

"嗯。"

"那你先去吃饭吧！"

"谢谢老师，您也赶紧去吃饭。"我将眼泪擦干。

"卷子你就拿走吧，多看看上面的题目，多想想自己为什么会做错。"

"好的，谢谢老师。"

你去死吧，老家伙。

进餐时刻是校园里最安静的，所有的嘈杂都聚集在食堂里了。

黄昏最令我感到哀伤，每当看到昏黄的天空，我常常有孑然一身的感觉，世界上没人爱我，我也不爱世界上的任何人，而我的生命就快要过完了。

我的生活是6点早起，做早操，上早自习，吃早饭，上课，吃午饭，睡午觉，下午继续上课，吃晚饭，洗澡，上晚自习，睡觉。然后半个月回家见家人一次，见完后又立刻回到这个恐怖的地方，继续孤身一人活在这里，没有什么意义，一种等死的感觉。

我多希望早点儿过完这一生！

我想，学校里应该还有很多人和我的想法一样，年幼的我们当时都在懵懂中坚强地长大，我们缺少的不仅仅是爱，还有自由。

是一种本能驱使我的眼泪从眼角流出来的，我不感到伤心也不感到恶心，甚至认为这位老人家很有趣。

其实我并不知道数学老师到底想做什么，小孩子是很无知的，但他们会有感觉，感觉好或者感觉不好。我只是本能地想从他的宿舍逃走，就像几年前，我用手指触碰含羞草的叶子时，它会将自己的叶子一片片关闭起来一样。植物都会拒绝，小孩子不会么？

It's so...

妈妈站在宿舍外，问我："你比较想去哪里读书？"

妈妈是被一位从不摘下茶色墨镜的黑裙子老妪召唤到学校的。

"她缺少的只是一个扫把！"全校的学生都这么赞美她。她如果拿着扫把，就是一个活生生的巫婆了，可惜她从来不拿扫把，拿着扫把的人是和她同样年纪，同样性别，但比她贫穷，在她面前弯着腰扫地的学校女清洁工。

她老而清瘦，没有一点儿肥肉，但剩下的每一寸皮肉都是心机铸成的。她是有性生活的，她在全校师生里的人缘不好，所以包养帅哥的事儿不胫而走。她真是不怕身体散架。

私立学校简直是退休教师的伊甸园，在这块封闭的地方，老人们没必要对一群没有人权的孩子们伪装和蔼可亲。

他们是这里的皇后，是这里的国王，是这里的大臣，掌管一切权力。但我们却不是公主，也不是王子，我们被欺凌、被羞辱、被摧残还要给他们钱，连宫女和太监也不如！

昨天她冷冷地对我妈妈说："你的儿子真的不适合这个学校，我希望你能把他领回家！"

"他做错了什么事吗？"

"他有心理方面的问题。他孤僻，不愿与人交流，这样下去，对他的成长也没有好处，我劝你把他接回去。"

所以我妈问我："你比较想去哪里读书？"

"随便！"我气愤地对妈妈说。她当年拿着斧头冲进小学找数学老师，但对那个十恶不赦的老巫婆，她竟然软弱起来。

要走也是我自己主动离开！

我这个时段的好朋友是郑电，他是我在学校见过的话最少的男生，他即使说话也说得很含糊，每次我都要"啊？什么？"地让他再讲一次。他甚至不敢把头抬起来看人，走路的时候也盯着地面，他很闷很奇怪，但又很善良。他的双胞胎姐姐也是我们班的，与他截然不同。

郑电和我一起洗澡，一起吃饭，一起走路，还搬到了我的宿舍，他就像是一个护花使者一样总是出现在我面前。也许你认为"It's so gay！"但你总不能和女生一起洗澡，一起吃饭，一起走路，还住同一个宿舍吧？这个学校到处都是"患难"，我们这叫做"患难见真情"。

"听说你要转学？"郑电问。

"是啊……"我有一点儿不好意思。在所有同学里面，和他说这件事最不合适。

"我可能也要转学了。你要转到哪里去？我们可以转到同一所学校啊。"他说。

"你要转学？"我很惊讶，即使全校都要转学，他也该是最后一位转走的呀。

"是啊，我爸爸跟我和我姐打好招呼了。"

"那你什么时候走？"

"最近吧，我也不知道。"

我忽然想起我和他成为朋友还不到一个月呢。

"其实我也不知道该转到哪里去，普天之下的学校，应该都是一样的。"

"那你为什么要转学？"

"是巫婆和×老师让我妈把我领回去的。"

"为什么？"

"×老师想非礼我但没有得逞，怕我讲出去才联合巫婆一起开除我的。"是的，我当时还不知道"猥亵"这个词。

他呆呆地看了我几秒钟，说："他们有这个权力吗？我让我爸爸把他们开除掉！"

"不要啦……有他们这些人在，这个学校起码不会乱套。"我想起两个老人告老还乡的情景：天空灰蒙蒙的，他们在没有尽头的路上，拄着拐杖，低着头互相搀扶着，步伐蹒跚地向前缓慢地走着。

但×老师很快就在校园里消失了，听说是去了其他的私立学校。

不要打扰我看报纸

  风和日丽的天气，巫婆当着其他学生的面微笑着抚摸着我的脑袋，就好像她是我的奶奶一样。

  "真乖，长得真俊。"她说。

  她不把茶色眼镜摘掉，你无法知道她的眼睛是否真的在微笑。

  很多同学都说学校里面有鬼，其实有这些精神抖擞的老人家在，鬼是不敢出来的。

  "是郑电让×老师走掉的，是他让我没有被退学。"放假时，我站在厨房对正在炒菜的妈妈说。

  "你懂个屁！明明是因为我给了那个×主任几千块钱！"妈妈低着头继续炒着菜，生气地说。她又问："×老师除了有一点点'娘'，是个挺好的人啊，他怎么走了的？"

  "拜托！他哪里好了？"我说。

  "他哪里不好你说说看？"

  "我们学校的老师都很恶心的！你竟然还说他们好？"

  "在你眼里每个人都恶心！其实全世界最恶心的就是你自己！要不是你，我当时不会拿着斧头去学校找你小学的数学老师，导致我现在买菜的时候常常碰到他都

186

不好意思打招呼！"妈妈说。

"但他的确是老实了很多，听说再也没体罚过学生了。"我说。

"是你们这些孩子应该被体罚！"妈妈说。

"啧！不要打扰我看报纸！"听到妈妈和我的聊天已经到了吵架的程度，刚才一直倾听着我们对话的爸爸终于插嘴劝和。

"我才不想和她吵呢！"

"是我不想和你吵！你跟每一个人都能吵架，不是吗？！"

"你才是！"

……

过了一会儿终于安静下来，吃饭的时候，爸爸小声对我说："是不是长得丑的老师，你就会觉得他们恶心？"

"你……"他不止一次下这样的定论了，我只好失望地摇摇头，感触良多且不愿多解释般地对他说，"随意了，随意罢！有些事情还是不要让你们知道得好。"

从那之后没过几天郑电就离开了，这个时候，Way和他女朋友分手了，又回到了我身边。和他做朋友，比和郑电一起有趣很多。但是郑电虽然闷，却从来不会令我恼火，Way有很多值得我去恼火的事——有一天，Way递给我一封情信。

我的初恋

是隔壁班的转校女生Lan，她来到此校还不到一星期。

"才刚进校，就给人写情书，真是个不三不四的女人。"我将信扔出了窗外。

第二天，Way又给了我一封信，信里面她又讲了一大堆话，加了一句"为什么不给我回信？"

我依旧没回，心想："你是哪里来的骆驼客？"

有一天去上课时，被一群人拦截了，她们是学校的最著名的女子（流氓）团体，都是高年级的。她们叉着腰，挡在楼梯的转折处不让我上楼，我看到Lan站在她们身后，黑漆漆地望着我，我只好改走另外一条楼梯。

第二天又发生了同样的事。

我给她回了一封信，让她的姐妹们不要再拦截我。这些女生经常打架斗殴，天天在顶楼上抽烟，看色情小说和色情漫画，闯进低年级的教室里收人作小弟，在校内颇具"名望"。如此劳师动众，我唯恐背上"不给她们面子"的罪名。

她直接忽视了我信的内容，和我聊起了别的，我见她这么"和善"（再加上我上课也没什么事情可做，再加上我有一点儿怕那些女流氓），于是和她写信过来写信过去。Way很乐意当我们的邮差。但过了两天我就不想写了，无论她怎么追问和感到莫名其妙，我都没有回她。

就让这件事快速淡掉吧！

她在我生日的时候送了五张CD给我，于是我又和她开始联络了。但过不了多久，便又没写了。

那些CD就只能换得这么多的交流了！

她和她的那些姐妹是一个类型的，没有一点儿女人味。我喜欢詹莹那种绝世美女，我和詹莹还没说过话呢。

但没过多久，我又开始和Lan联络了，反正闲着也是闲着。我们没有在信里面确认关系，但其他人都认为我们在一起了，而因为贴上了"谈恋爱"的标签，我的性格忽然也外向了许多。貌似学生都是这样？

刘璇依旧是我的同桌，她看出我对Lan没感觉，但她同样能感受到Lan的熊熊热情，连她也说："没事你就回个信唄。"

是初恋吗?

有一天下晚自习后，我和Lan在一起散步。我们来到学校的树林里，坐在树下聊天。

我说:"你知道学校里以前有一个人，叫做刘杰吗?"

"听说过，好像很经典，到底有什么事迹你讲来听听?"

"刘杰长得人高马大，经常欺负弱小，但是他很怕鬼! 有一天晚上，他不敢出去上厕所，就在宿舍的水桶里大便，然后用一个同学的枕头把桶盖住，藏在了床底下。"

"后来呢?"

"后来过了半年才被生活老师发现，里面都长蛆了。生活老师一边笑着跟我们讲这件事，一边皱着眉头感叹:'整整半年我都百思不得其解，我把整个宿舍楼都翻过来了也找不到那只水桶!'"

"哈哈哈! 真恶心。"

"呵呵。你怕鬼吗?"我问。

"不怕啊，再说在这个树林里到处都是在亲热的情侣! 有什么好怕的。"

她特意把"亲热"这两个字说得很重，我假装没有听到。

"这个学校去年才成立的，很早以前是个枪毙人的地方，小时候我妈妈还带我来这里看过枪毙人，当时好多人围着看。你知道怎么枪毙吗？"

　　"怎么？"

　　"把两三个差不多高的人排排站，然后对着第一个人的太阳穴开枪。接着三个人都跪下了，然后睡在了地上。"

　　"你妈妈干吗在你那么小的时候带你看这个啊！会对你有阴影吧？"

　　"当然有阴影！大概一片树叶那么大。"

　　"听说昨晚你和Lan去树林了。"第二天，刘璇说。

　　"是啊，但是什么也没做。"我说，"树林里有很多对情侣，学校里竟然有这么多人在谈恋爱。"

　　"喊！去树林里算个什么？树林里那么多虫子，白痴才在树林里。他们都是凌晨在教室里玩的。"

　　"他们？是谁？"

　　"你今晚要不要来？来了你就知道了。"

夜奔

凌晨1点的时候，每天晚上10点钟准时睡觉的我被拍醒了，拍我的手掌轻轻的。我一睁眼是刘璇，我很诧异，我已经不记得今天白天说过的事了。

"你怎么来到男生宿舍的？你过来做什么？"我小声说，怕把宿舍的其他人吵醒。

"赶紧起来！我去厕所等你！"说完她就出去了，怕被正在巡视的生活老师发现。

我穿好衣服推开厕所的门，厕所里黑压压站满了人。

看到我过来，大家便一起出动了，宿舍楼的大门是上锁的，被一条非常非常粗的铁链、一把非常非常大的锁锁着。有个女生轻轻一拉，锁便开了。

"你的力气真大！"我第一次看到能把一把铁锁就这样拉开的女生。

"不是我力气大，学校将这把锁放在这里也只是做做样子而已啦！"

"你们不怕生活老师过来上厕所发现你们吗？"我回想着刚才十几个人整齐地站在不到7平方米的男厕所里的情景。

"我们都躲在男厕所呀，她又不来男厕所。"

"上次我就被发现了！"有个女生说，"是被你们班主任发现的，他正在解皮带，看到我吓了一大跳。"

到了教室，教室的门也锁着，大家从窗户里翻了进去。本来教室的窗户也是要反锁的，但是为了今天晚上的行动有人特意没关。

我和刘璇坐在自己的位子上聊天，和白天时的我们没有太多差异。

讲桌上是在舌吻的一对情侣，墙角也是在舌吻的一对情侣，到处都是在舌吻的情侣，大家把手伸进了对方的衣服里面。

"要不是今晚看到，我不相信××会做这样的事。"我小声对刘璇说。

"拜托，她早就不是处女了。"她也小声说道。

情侣们激情舌吻，几个单身的男生吃着花生米，抽着烟、喝着酒，我和刘璇不亲、不吃、不抽烟、不喝酒，就坐在那边静静地看着。

忽然有人急促地敲了一下窗门，"快跑！学校的保安过来了！"

大家作鸟兽状散开。

"赶紧跑回寝室睡到自己的床上，估计保安会通知班主任查房！！！"

我们胆战心惊地下了楼，听到保安吹口哨的声音，还看到手电筒在墙壁上晃来晃去，从口哨声音的回荡感，以及手电筒光感的强度上，可以判断保安离我们还是有一点儿距离的。

"快翻出去！"

有几个人从另外一条路上跑了，剩下我们几个准备从栏杆上翻出去，再跑进树林里绕远路。当我们进入树林的时候，听到另外一条路上的人被保安抓到的声音。

我们这群人安全地到了宿舍楼，我和刘璇说了声拜拜赶紧分开了。

我闭着眼睛躺在床上，回想着刚才的一幕幕，暗自庆幸自己没有被抓住。在我快要睡着时，有人将我的被子掀开，班主任用手电筒照着我的脸，对我说："不要装睡了，我万万没想到你也是这样的人！"

我来到了保安室，有几个"共犯"早就站在那边，刘璇也站在那边，我们相视而笑。

是被抓到的那几个人把我们供出来的。

"没办法，保安说坦白从宽，如果不把你们的名字报出来，就严重处分。"

这些平时标榜自己"在道上混""讲的就是义气"，每天大声哼唱"古惑仔"之歌的人，也就这个级别了。

人到齐之后，一人写了一份检讨，写完后，班主任说："这件事，不许说出去，也不许告诉家长，就当没有发生过，若再发现，严重警告处分，记录到你们的人生档案里面，知道了吗？快去睡觉！"

再见了，初中

我回家就将这件事情告诉了妈妈，她正坐在床上织毛衣。

"我们不睡觉，三更半夜去教学楼玩，有人在喝酒，有人在抽烟，还有几个人在亲嘴，我第一次看到真人在我面前表演亲嘴。后来保安把我们都抓住了，还写了检讨。班主任后来给你打过电话吗？打过吗？到底有没有打过？"

"啧！！！"妈妈不耐烦地回应了我一下，又说，"你为什么总是跟我讲这种事？你可以讲一些好的事吗？"

"没有好的事，只有这种事。"

"怎么会有这样的学校，你快赶紧毕业了算了。"

中考开始了，有人站在考区的附近给我们这些初中生卖答案，三十块钱一份，问我们买不买。

这个价格正好定在初中生可以接受的范围，如果是高中生估计得要五十块。但中考毕竟不是高考，我们宁愿考得稀烂，也不愿浪费三十块钱。

初中毕业后，我便自由了，和所有同学都没有了联系。

读高中的时候，在学校里碰到了Way，他说他还在那儿读书，那儿建立了高中部，他从初中部升到了高中部，今儿个只是过来我们学校闲晃。

他说那里越办越差了，去年没有人考上一本。我对他说公立学校的孩子性格好很多。

我让他去我住的地方坐坐，他留在那边不肯走了，好几天都在那边住着，严重妨碍我上课与休息。

"反正回去那个地方，我也不怎么上课，现在老师也不怎么管我们。"他说。

"那些老×都死了吗？"大家是这么称呼他们的。

"没有呢，活起起的，仍在那里作威作福！"

第三天我再回去的时候，发现我的CD机不见了，Way也不见了，他留下了一张纸条："很高兴又能再碰到你，让我想起来我们以前的时光！"

他没有留下号码，当时我们都没有手机。但是我知道他爷爷奶奶那边的号码，我联络到他，问他是不是拿了我的CD机，他说没有。

我租的地方挺破烂的，我怀疑是有人从窗户那边将它勾出去了，但我住在二楼，CD机可以"勾"起来么？

　　妈妈骑着摩托车载着我去初中母校找Way。

　　站在初中母校的门口，他无奈地说："我真的没有拿，不信你们进去搜！我又没有CD，我要CD机做什么？"

　　我对妈妈说："走吧，我们回去吧。"

　　妈妈将家伙拿了出来。

　　Way立刻改口，说道："你们等五分钟，我现在就去拿过来给你们！"

　　说完撒腿就跑了，我呆站在了原地。

　　"我原本只是想拿过来听一阵子再还给你的，希望你可以理解我。"他将CD机还给了我，我贴在上面的贴纸都被撕掉了。我盯着他表情复杂，一时间也不知道对他说什么好。

　　"说完了没？说完了就走吧。"站在摩托车旁戴着头盔的妈妈对我说，手里拿着一把斧头，一晃一晃的。

作者近况

每天去菜市场买菜

和去年不同的是，现在知道在谁那里买菜比较安心了。我常以为有些人多收了几毛钱——即使只有几毛钱，被欺骗的感觉还是让我无法释怀。

做做饭

之前有好一阵子都是在外面吃快餐（大概两三个月之久），发现肚子有些肥胖之后，于是重新拿起了菜刀。

写写稿

继续喝着咖啡

有段时间是停止喝咖啡的（害怕失眠），后来看到书上说咖啡有消除浮肿的作用，于是继续喝了。

嗒
嗒

很需要锻炼

嗯嗯

果真是上了年纪，常年腰酸背痛。
从去年就计划着去健身或者报个瑜伽班，一年过去了还未开始执行。

很想养宠物

我想有个温暖的家

喵

汪汪

很喜欢毛茸茸和热乎乎的东西呢！想养一只小猫或者小狗，在家宅着的时候，也不怕寂寞了~

继续不想去上班

日子比较无所拘束，所以常常会思考自己活着到底是为了什么……

想法总是随着世界变来变去，
最终什么也没改变。
最后的最后，
由衷地谢谢你的支持！！
:)

— END —

ZUI Book

CAST
单人床上的忏悔

作者
叶 阐

选题策划
郭敬明

选题出品
金丽红 黎 波

项目统筹
阿 亮 痕 痕

责任编辑
陈 曦 杨 仙

特约编辑
张叶青

责任印制
张志杰

封面设计
adam.X

图片摄影
adam.X

协助摄影
Tony.X

版式设计
adam.X 张 强

出版社
长江文艺出版社

出品
上海最世文化发展有限公司

官方论坛
http://www.zuibook.com/bbs

平台支持
最小说 ZUI Factor

| TOP 25
2010年上海最世文化发展有限公司畅销书排行榜

排名	书名	作者
1	小时代2.0虚铜时代	郭敬明
2	小时代1.0折纸时代	郭敬明
3	悲伤逆流成河	郭敬明
4	幻城	郭敬明
5	悲伤逆流成河（新版）	郭敬明
6	西决	笛安
7	被窝是青春的坟墓	七堇年
8	全世爱	苏小懒
9	澜本嫁衣	七堇年
10	不朽	落落
11	须臾	落落
12	全世爱Ⅱ·丝婚四年	苏小懒
13	尘埃星球	落落
14	小时代1.5青木时代VOL1	陌一飞 郭敬明 猫某人
15	小时代1.5青木时代VOL2	陌一飞 郭敬明 猫某人
16	N.世界	郭敬明 年年
17	这些 都是你给我的爱	安东尼
18	任凭这空虚沸腾	王小立
19	浮世德	陈晨
20	大地之灯	七堇年
21	陪安东尼度过漫长岁月	安东尼
22	四重音	消失宾妮
23	燃烧的男孩	李枫
24	夏至未至（2010年修订版）	郭敬明
25	青春白恼会VOL2少年相对论	千廊 爱礼丝 阿敏

新出图证（鄂）字3号

图书在版编目（CIP）数据
单人床上的忏悔/叶阐 著 武汉：长江文艺出版社，2010.06
ISBN 978-7-5354-4560-5
I.①单… II.①叶… III.①随笔-作品集-中国-当代 IV.①I267.1
中国版本图书馆CIP数据核字（2010）第104968号

·单人床上的忏悔·

叶阐 著

选题策划：郭敬明　　　　　　图片摄影：adam.X
选题出品：金丽红 黎 波　　　封面设计：adam.X
项目统筹：阿 亮 痕 痕　　　　装帧设计：最世文化
责任编辑：陈 曦 杨 仙　　　　媒体运营：赵 萌
特约编辑：张叶青　　　　　　责任印制：张志杰

出版：湖北长江出版集团　　　电话：027-87679310
　　　长江文艺出版社　　　　传真：027-87679300
地址：湖北省武汉市雄楚大街268号湖北出版文化城B座9-11楼
邮编：430070
发行：北京长江新世纪文化传媒有限公司
电话：010-58678881　　　　　传真：010-58677346
地址：北京市朝阳区曙光西里甲6号时间国际大厦A座1905室
邮编：100028
印刷：北京正合鼎业印刷技术有限公司
开本：640×960毫米　1/16　　印张：12.75
版次：2010年6月第1版　　　　印次：2010年6月第1次印刷
字数：193千字　　　　　　　　插图：165幅

定价：26.80元　　　　　　　　　sina新浪读书 新浪读书强力推荐！

　　我们承诺保护环境和负责任地使用自然资源。我们将协同我们的纸张供应商，逐步停止使用来自原始森林的纸张印刷书籍。这本书是朝这个目标前进迈进的重要一步。这是一本环境友好型纸张印刷的图书。我们希望广大读者都参与到环境保护的行列中来，认购环境友好型纸张印刷的图书。